René Sommer

Schwan im Spiegel

Zuletzt erschienen (edition jeu-littéraire):

Der Wal heißt Beethoven. Kurzgeschichten. ISBN: 978-3-7494-4962-0

Eine Frage der Libelle. Gedichte. ISBN: 978-3-7412-9958-2

Der schlafende Löwe. Kurzgeschichten. ISBN: 978-3-7504-0301-7

Trotzdas. Roman. ISBN: 978-3-7504-3790-6

Das Sofa beim Waldstein. Kurzgeschichten. ISBN: 978-3-7519-0507-7

Ultramarin und Rosmarin. Gedichte. ISBN: 978-3-7504-9989-8

Der farngrüne Tiger. Kurzgeschichten. ISBN: 978-3-7526-1113-7

Fernab. Roman. ISBN: 978-3-7526-8382-0

Fledermaus im Federhaus. Kurzgeschichten. ISBN: 978-3-7534-5878-6

Verwildert im Grasland. Gedichte. ISBN: 978-3-7543-1307-7

René Sommer

Schwan im Spiegel

Kurzgeschichten

Bibliografische Information der Deutschen Nationalbibliothek:
Die Deutsche Nationalbibliothek verzeichnet diese
Publikation in der Deutschen Nationalbibliografie;
detaillierte bibliografische Daten sind im Internet über
http://dnb.dnb.de abrufbar.

Editor Factory: ib-lyric (edition jeu-littéraire 1/9)
Author Photo: Erika Koller
Cover Image: Itta Beaux

Herstellung und Verlag:
BoD – Books on Demand, Norderstedt

ISBN: 978-3-7543-5696-8

Inhalt

Eine Fledermaus sein

Die Sonne blitzt zwischen den Baumkronen hindurch.
Johann Sebastian Huch spaziert immer tiefer in den Wald
hinein.
Lichtfinger fallen durchs Blätterdach.
Eine Frau taucht aus dem Halbdunkel auf.

- Hallo, ich bin Holly Aigner.

Sie trägt ein Nachmittagskleid.
- Möchtest du sehen, wer durchs Dickicht dringt?
Ein Mann balanciert auf einem Baumstamm.

- Hallo, ich bin Tristan Naab.

Er trägt eine Reiterhose.
- Das nimmt mich wunder.
Holly zieht den linken Mundwinkel hoch.
- Willst du ein Pferd?
Naab antwortet gutgelaunt.
- Lieber nicht! Ich bin noch nie geritten.
Sie neigt den Kopf.
- Weshalb trägst du die Reiterhose?
Er wippt auf seinen Zehen.
- Damit kann ich besser balancieren.
Holly legt den Zeigefinger aufs Kinn.

- Soll ich dir ein Seil spannen?

Naab geht in die Hocke.

- Nein, das wäre mir zu hoch.

Eine Frau dringt durchs Dickicht.

- Hallo, ich bin Farah Pinto.

Sie trägt ein Organzakleid.

- Habt ihr mich erwartet?

Holly tippt mit dem linken Fuß auf den Boden.

- Nicht wirklich! Ich dachte, ein Reh würde durchs Dickicht springen.

Naab dreht mit geschlossenen Augen eine Pirouette.

- Was mich betrifft, ich könnte mühelos hindurch hüpfen.

Farah blickt Huch bedeutsam an.

- Und du?

Er zeichnet Wellenlinien in die Luft.

- Ich sehe mich nach einem Weg um.

Holly strafft den Hals.

- Weißt du, wo er liegt?

Farah senkt die Lider.

- Sicher! Er ist nah.

Naab dehnt die Beine.

- Führt er zu einem Topf?

Dschungelartiges Grün umgibt den Weg.

Holly hebt das Kinn.

- Wieso sollte im Wald ein Topf stehen?

Naab hält den Atem an und schnauft wieder durch.

- Ich habe gern Honig.

Farn überwuchert die Lichtung um einen riesigen Honig-

8

topf.

Ein Lächeln stiehlt sich in Farahs Gesicht.

- Ist er voll oder leer?

Ein Mann eilt im Laufschritt.

                              - Hallo, ich bin Otto Deng.

Er trägt ein Safarihemd und bringt eine Leiter.

- Ich weiß gar nicht, was ich tun soll.

Holly federt in den Knien.

- Stelle die Leiter an!

Naab tänzelt beschwingt.

- Ich will in den Topf gucken.

Farah hebt die Ferse.

- Ist sie lang genug?

Deng lehnt die Leiter an den Honigtopf.

- Sie reicht bis an den Rand.

Holly schaut Naab fragend an.

- Steigst du hinauf?

Er setzt den Fuß auf die erste Sprosse.

- Ich probiere es.

Farahs Stimme klingt vergnügt.

- Du bewegst dich gewandt.

Deng sichert die Leiter.

- Und mutig.

Holly krallt und streckt die Zehen.

- Siehst du Honig?

Naab setzt sich auf den Rand.

- Nein, der Topf ist leer.

Farah streift mit dem Finger über die Braue.

- Das ist nicht weiter schlimm.

Deng streckt den Hals.

- Irgendwo im Wald finden wir bestimmt Honig für dich.

Naab wird kurz still, denkt nach.

- Der Boden könnte hart sein.

Holly winkelt die Arme vom Körper ab.

- Was hast du denn vor?

Er reibt den Nacken am Haaransatz.

- Ich springe in den Topf.

Farah stellt ein Bein gestreckt nach hinten.

- Gehe ganz leicht in die Knie beim Landen.

Deng legt die Hände als Trichter an den Mund.

- Ich könnte eine zweite Leiter bringen.

Naab rutscht vom Rand.

- Ich brauche keine.

Holly spannt den Rücken leicht an.

- Wie bist du gelandet?

Farah legt die Arme eng an den Körper.

- Ist bei dir alles in Ordnung?

Deng spreizt die Finger ab wie kleine Flügelchen.

- Soll ich nachschauen gehen?

Eine Fledermaus mit Reiterhose schwirrt aus dem Honig-topf.

Holly schlägt sich auf die Schenkel vor Freude.

- Tristan hat sich verwandelt.

Farah schenkt Deng einen dankbaren Blick.

- Ohne deine Hilfe hätte er es nicht geschafft.

Er schüttelt kaum merklich den Kopf.

- Was? Ich bin doch nur mit der Leiter hierhergekommen.

Eine Frau flaniert unter den Bäumen.

- Hallo, ich bin Indira Balser.

Sie trägt ein Paillettenkleid und bringt eine silbern schimmernde Karte.
- Willst du tiefer ins Waldesinnere?
Holly schaut ihr über die Schulter.
- Ja. Ist ein Weg eingetragen?
Indira legt den Finger darauf.
- Er schließt direkt an.
Farah dreht Pirouetten.
- Was gibt es dort zu sehen?
Indira schaut in die Runde.
- Ein Baumriese reiht sich an den anderen.
Deng schultert die Leiter.
- Ich könnte in den Wipfel steigen.
Der Weg führt in den Wald hinein.
Holly wirft Farah einen freundlichen Blick zu.
- Malst du lieber mit einem Buntstift oder mit einem Bleistift?
Sie raschelt mit den Füßen durchs Laub.
- Einem Buntstift.
Indira berührt flüchtig, wie zufällig Huchs Hand.
- Welche Farbe würde dir gefallen?
Er bemerkt das Glänzen in ihren Augen.
- Eisvogelblau.
Neben einem alten Baumriesen ruht eine runde Felsplatte.
Holly wippt auf den Zehenspitzen auf und ab.
- Wo geht es weiter?
Indiras Finger fährt über die Karte.

11

- Hier endet der Weg.

Farah entdeckt einen Buntstift.

- Er liegt mitten auf der Platte!

Deng holt ihn.

- Wenn ich nur Papier dabeihätte!

Indira senkt die Lider.

- Mir würde ein Stück Karton gefallen.

Ein Mann geht aufrecht.

- Hallo, ich bin Sergej Lai.

Er trägt einen Tagesanzug und bringt Karton.

- Zum Wegwerfen wäre er zu schade.

Holly schaut ihn an.

- Lässt er sich leicht biegen?

Farah nimmt ihn in die Hand.

- Etwas wölben, aber er knickt nicht ein.

Deng hält den Buntstift hoch.

- Wer zeichnet?

Indiras Blick schweift suchend.

- Wer hat Lust?

Deng schenkt ihn Huch.

- Das wäre etwas für dich.

Lai legt den Karton vor ihn hin.

- Probiere ihn aus!

Huch blickt sich um.

- Soll ich einen Strich ziehen?

Holly drückt sanft seine Schulter.

- Einen Bindestrich?

Farah lächelt freundlich und breit.

- Oder einen Gedankenstrich?

Deng stützt sich auf seine angewinkelten Knie.

- Zeichne eine Leiter mit einer Sprosse.

Huch wirft sie mit 3 Strichen hin.

- Das lässt sich unglaublich leicht realisieren.

Schattenwurf

Der Wasserfall braust im Tal.
Huch steht neben einer Felsplatte.
Aus großer Höhe stürzt der Gießbach hinab und sammelt
sich in einem kleinen See.
Eine Frau hebt freundlich die Hand und winkt.

- Hallo, ich bin Magda Zille.

Sie trägt ein Raglankleid.
- Möchtest du eine Mütze?
Ein Mann kommt dahergelaufen.

- Hallo, ich bin Cedric Klett.

Er trägt eine Wollmütze.
- Wo finde ich einen Bleistift?
Magda hält kurz den Atem an.
- Da bin ich überfragt.
Klett wendet sich an Huch.
- Hast du vielleicht einen in der Tasche?
Eine Frau macht einen Streifzug.

- Hallo, ich bin Jasmina Yamaguchi.

Sie trägt ein Safarikleid und bringt einen Stift.

- Damit kannst du hauchdünn zeichnen.

Magdas Stimme schimmert seidig.

- Er ist gespitzt.

Klett macht eine Handbewegung.

- Darf ich ihn ansehen?

Jasmina überlässt ihm den Stift.

- Zeichnest du einen Vogel?

Magda beugt den Oberkörper nach vorne.

- Eine Meise, zum Beispiel?

Klett dreht eine Pirouette.

- Ich habe kein Blatt.

Ein Mann nähert sich.

- Hallo, ich bin Golo Balch.

Er trägt ein Vogelkostüm und bringt einen großen Papierbogen.

- Ist Naturpapier recht?

Jasmina stemmt die Hände in die Hüften.

- Ja. Leg den Bogen auf die Felsplatte!

Balch breitet ihn aus, sagt zu Magda.

- Ich sehe deinen Schatten.

Sie balanciert tänzerisch auf einem Bein.

- Jetzt stelle ich mich auf die Zehenspitze.

Klett öffnet leicht den Mund.

- Was könnte ich zeichnen?

Jasmina zeigt mit ausgestrecktem Arm hinunter.

- Den Schatten!

Balch neigt den Fuß leicht nach außen.

- Er tanzt auf dem Papier.

16

Magda hüpft auf der Stelle.

- Du brauchst eine schnelle Hand.

Klett gibt Huch den Bleistift.

- Ich bin langsam.

Huch wölbt die Lippen nach vorn.

- Wo würdest du anfangen?

Jasmina ermuntert ihn mit einem Augenaufschlag.

- Beginne oben beim Kopf.

Balch reckt den Finger.

- Ziehe eine Linie um den Schattenwurf!

Magda belastet das linke Bein.

- Vielleicht ist dir aufgefallen, dass ich jetzt ganz ruhig stehe.

Huch folgt dem haarscharfen Rand des Schattens.

- Einmal gucken, was der Bleistift macht.

Klett hebt seine Hände in die Luft und formt sie zu einem Halbrund.

- Ein Umriss entsteht.

Jasmina fährt Huch über den Arm.

- Lässt du das Blatt auf dem Fels liegen?

Balch umschlingt mit dem Spielbein das Standbein.

- Soll ich die Ecken mit Steinen beschweren?

Eine Frau rollt den Fuß von der Ferse bis zur Zehenspitze ab.

- Hallo, ich bin Whitney Eichenberger.

Sie trägt ein Tageskleid.

- Darf ich die Zeichnung im Weltkulturmuseum ausstellen?

Magda dreht sich sanft, nimmt Tempo auf und zieht schließlich immer schnellere Pirouetten.

- Hat es dort einen Bleistiftständer?

Klett nimmt Huch den Stift ab.

- Ich würde ihn gern mit der Spitze gegen oben einstellen.

Jasmina guckt Whitney kurz an.

- Damit sie nicht bricht.

Sie bewegt die Finger, als würde sie an etwas zupfen.

- Im Weltkulturmuseum gibt es alles.

Balch hebt den Papierbogen auf.

- Auch Stühle?

Whitney wirft das Haar mit beiden Händen hinter ihre Schultern.

- Sogar Sessel.

Der Weg folgt dem Gießbach.

Magda sieht sich um.

- Wie sieht dein Lieblingssessel aus?

Klett stellt sich unter die Äste eines Baums.

- Er hat ein Elefantenmuster.

In einem kleinen, baumgesäumten Park stehen Samtfauteuils.

Jasmina dreht eine Schleife.

- Überschlägst du die Beine beim Sitzen?

Balch strahlt über das ganze Gesicht.

- Nein, ich lasse mich lieber fallen wie ein Taucher, der rücklings ins Wasser plumpst.

Das Kulturweltmuseum zeigt sich als kapellenartiger Bau mit hoher Tür und hohlen Fenstern.

Ein Mann kommt heraus.

- Hallo, ich bin Umit Renn.

Er trägt eine Weste und bringt einen Lochstein.
- Habt ihr etwas zum Ausstellen?
Whitney deutet mit dem Zeigefinger auf den Papierbogen.
- Ja, eine Zeichnung.
Renn hüpft auf und ab.
- Damit eröffne ich meine erste Ausstellung.
Magda reckt den Kopf in die Höhe.
- Findest du einen Platz?
Renn wedelt mit den Augen.
- Ja, der Bogen passt in den Fensterrahmen.
Er gibt Balch einen Wink.
- Stelle ihn in das hohle Fenster neben der Tür!
Klett verschränkt die Hände ineinander.
- Ich habe einen Bleistift.
Jasmina wippt von einem Bein aufs andere.
- Wo stellst du ihn ein?
Er richtet den Blick auf Renn.
- Hast du einen Bleiftiftständer?
Renn legt den Lochstein auf den Boden.
- Ja, er hat verschieden große Löcher.
Whitney beugt den Oberkörper nach vorn.
- Der Bogen passt ins hohle Fenster.
Balch richtet ihn aus.
- Ameisen haben Naturpapier gern.
Magda setzt sich auf einen Samtfauteuil.
- Hat dein Sessel auch ein Elefantenmuster?
Klett lässt sich nieder.

- Ja, ich spüre die Elefanten.

Jasmina überschlägt die Beine.

- Alle zusammen oder einen allein?

Balch versinkt im Fauteuil neben dem Fenster.

- Sie sind gern in einer Herde.

Whitney lehnt zurück.

- Sie fühlen sich angesprochen.

Renn fläzt sich.

- Wenn ich sie grüße.

Eine Frau schlendert.

          - Hallo, ich bin Senta Vandenberg.

Sie trägt ein Velourkleid.

- Willst du Elefanten malen?

Magda drückt den Unterkiefer nach vorne, sodass sich die Lippen leicht öffnen.

- Kannst du mit ihnen reden?

Klett guckt vergnügt.

- Ich versuche es.

Senta wippt mit den Füßen.

- Wo sind sie?

Jasmina schaut zu Balch.

- Auf unseren Sesseln.

Er zieht die Sandalen aus und spielt mit seinen Zehen Piano.

- Sie leben ohne Bilder.

Senta sieht Whitney direkt in die Augen.

- Welches ist deine Lieblingsfarbe?

Sie überlegt für den Bruchteil einer Sekunde.

- Blau.

Senta zieht ein unsichtbares Gummiband auseinander.

- Warum?

Renn feuchtet die Lippen mit der Zunge an.

- Weil die Elefanten blau sind.

Magda faltet die Hände hinter dem Kopf.

- Enzianblau, würde ich sagen.

Klett lässt die Arme lose baumeln.

- Es gibt verschiedene Enzian.

Senta stößt Huch sanft.

- Es sieht so aus, als würdest du keinen Fauteuil brauchen.

Er platziert die Hand neben das Ohr.

- Ein bisschen rumstehen schadet sicher nicht.

Der Löwe auf dem Pferd

Als habe ihn jemand mit Wasserfarben an den Himmel
getuscht, schimmert der Berg.
Huch stemmt die Hände in die Hüften.
Die Luft flimmert.
Eine Frau tanzt auf dem Weg.

- Hallo, ich bin Nicoletta Ikeda.

Sie trägt ein Wickelkleid.
- Hast du gern Quitten?
Ein Mann verändert seinen Schritt.

- Hallo, ich bin Faris Pjotr.

Er trägt eine Zipfelmütze und bringt einen Pinsel.
- Bei mir dreht sich alles um die Quitte.
Nicoletta klimpert mit den Wimpern.
- Möchtest du eine malen?
Pjotrs Blick erhellt sich.
- Nicht unbedingt. Mir gefällt das Wort, wie es tönt.
Eine Frau winkt schon von weitem zur Begrüßung.

- Hallo, ich bin Olga Quittenbach.

Sie trägt ein Yogakleid und bringt eine Schale.

- Ich habe gelbe Farbe aus Johanniskraut hergestellt.

Nicoletta streicht ihr Haar zurück.

- Gefällt dir dein Name?

Olgas Stimme klingt vergnügt.

- Ja, ich mag Quitten. Und wenn ein Bach rauscht, höre ich Musik.

Pjotr macht ganz vorsichtig einen Schritt.

- Und ich Laute, Silben, Worte.

Ein Mann zuckelt.

- Hallo, ich bin Alexis Traun.

Er trägt einen Ameisenanzug und bringt ein kornblumen-blaues Schild.

- Ich wache jeden Morgen auf und frage mich, wer es bemalt.

Nicoletta hebt den Daumen.

- Würdest du es mit beiden Händen halten, wenn ich male?

Pjotr schwingt mit den Knien.

- Ist das anstrengend?

Olga streicht mit der Hand über den Rand der Schale.

- Mir geht es besser, wenn ich mich leicht bewege.

Traun legt das Schild auf die Felsplatte.

- Wieso muss ich es halten?

Nicoletta dreht den Kopf zur Seite.

- So verkrampfst du dich sicher nicht.

Sie schickt ein Lächeln zu Pjotr.

- Fängst du an?

Er schenkt Huch den Pinsel.

- Ich schaue zu.

Olga bietet Huch die Schale an.

- Was malst du?

Er spielt mit dem Pinsel.

- Soll ich ihn in die Farbe tunken?

Traun fährt mit einem Ruck empor.

- Schreibe ein Wort.

Nicoletta hopst.

- Ein Wort, das Pferde anlockt!

Pjotr kratzt sich.

- Welches?

Olga zieht den Arm zur Schulter hoch.

- Also ich, zum Beispiel, würde „Hü" sagen, wenn ich ein Pferd bewegen möchte.

Traun streicht sich mit der Hand übers Kinn.

- Willst du, dass es zu dir kommt?

Sie wiegt den Kopf hin und her.

- Ja. Leider kenne ich mich mit Pferden nicht so gut aus.

Nicoletta schlägt Huch spielerisch auf die Schulter.

- Schreibe doch einfach: Komm!

Huch taucht den Pinsel in die Farbe.

- Das wären dann 4 Buchstaben, 2 gleiche und 2 verschiedene.

Pjotr stellt die Brust vor und macht einen Hohlrücken.

- Genau wie „Huch"!

Olga buckelt zum Rundrücken.

- Wie kommst du auf „Huch"?

Er dreht den Oberkörper.

- Dieses Wort enthält auch 2 gleiche und 2 verschiedene Buchstaben.

Traun schenkt Huch einen frohen, aufmunternden Blick.

- Dann kannst du ja gleich „Huch" schreiben.

Huch schreibt „Huch".

- Ich bin offen für alle Wörter.

Ein lichtweißes Pferd trabt. Auf seinem Rücken sitzt ein grasgrüner Löwe.

Nicoletta streicht durchs Haar.

- Kann ich Löwe und Pferd gleichzeitig ansprechen?

Pjotr spreizt die Finger, presst sie auf seine Brust.

- Versuche es!

Das Pferd und der Löwe betrachten das Schild, bevor sie ihren Weg fortsetzen.

Olga reckt das Kinn.

- Sie gehen weiter.

Trauns Stimme klingt locker.

- Wahrscheinlich muss ich schnell sein, wenn ich mit ihnen reden will.

Er fragt Nicoletta.

- Rufst du ihnen etwas nach?

Sie räkelt sich glücklich.

- Wieso? Sie haben uns verstanden.

Keine Wolke trübt das fast durchsichtigen Blau.

Pjotr nimmt Huch den Pinsel ab.

- Mit deiner Schrift könntest du sogar Außerirdische anlocken.

Olga legt Daumen und Zeigefinger ans Kinn.

- Würdest du hier landen, wenn du ein Alien wärst?

Trauns Blick schweift.

- Ja, das Felsplateau bietet sich geradezu an.

Ein Raumschiff zieht eine Schleife.

Nicoletta hält sich die Schulter.
- Warum ist es mit einem Zebramuster bemalt?
Pjotr schwenkt seine Nase.
- Vielleicht möchten die Außerirdischen, dass es auffällt.
Olga schaut mit zusammengekniffenen Augen.
- Das ist ihnen gelungen.
Das Raumschiff landet.
Eine Frau öffnet die Ausstiegsluke.

- Hallo, ich bin Liane Hackenberg.

Sie trägt ein Zebrakleid.
- Ich hätte gern ein Blatt Papier.
Traun richtet den Rücken auf.
- Welche Größe gefällt dir?
Liane deutet mit den Händen das Format an.
- Ein Briefbogen genügt.
Über Nicolettas Gesicht legt sich ein Lächeln.
- Hättest du ihn gern einzeln?
Pjotr führt die Zunge zur Oberlippe.
- Oder möchtest du ihn aus einem Block reißen?
Ein Mann kommt schnellen Schrittes an.

- Hallo, ich bin Denis Zock.

Er trägt eine Badehose und bringt ein Blatt.
- Es ist vom Papierbusch.
Olga zeigt sich beeindruckt.
- Ich würde es ausstellen.
Traun wippt mit dem rechten Fuß.

- Einfach so? Oder in einem Rahmen?

Liane schaut großäugig.

- Ich möchte einen Papierflieger falten. Wie geht das?

Zock gibt das Blatt Huch.

- Zeigst du es ihr?

Huch legt es auf eine Felsplatte.

- Ich falte es.

Er biegt, knickt und schlägt das Papier um.

- Die obere Ecke zur Mitte.

Nicoletta streckt lächelnd den Kopf weit vor.

- Nun sieht das Blatt wie ein Umschlag aus.

Pjotr zieht eine Augenbraue in die Höhe.

- Eine Art Luftpost.

Eine Frau bewegt sich geschmeidig.

                              - Hallo, ich bin Ute Mertens.

Sie trägt ein Abendkleid.

- Ich stelle den Papierflieger aus.

Olga schlägt die Lider nieder.

- Stellst du ihn auf dem Schild aus?

Traun krault sich an der Schulter.

- Oder lieber daneben?

Ute heftet die Augen auf den Flieger.

- Nein, in der Kunsthalle.

Ein Lächeln fliegt über Lianes Gesicht.

- Wer trägt ihn?

Zock nimmt ihn von der Felsplatte.

- Das mache ich.

Der Weg führt den Bergkamm entlang.

Nicoletta blickt herausfordernd.

- Stehst du gern in der Kunsthalle?

Pjotr streckt die Arme zur Seite.

- Ich würde lieber sitzen.

Hinter der eingewachsenen Hecke öffnet sich ein bewaldeter Park.

Olga hat ein breites Lächeln im Gesicht.

- Würdest du für mich ein Herz in eine Parkbank schnitzen?

Trauns Blick verliert sich.

- Ich sehe mich um.

Ein Mann tritt aus einer hellblauen Wellblechhalle.

- Hallo, ich bin Erminio Bauz.

Er trägt ein Cargo-Hemd.

- Ich würde gern eine Ausstellung eröffnen.

Zock spricht mit singender Stimme.

- Das trifft sich gut. Wir haben einen Papierflieger.

Ein Fisch in den Wolken

Felsen ragen aus dem feinen Sand.
Huch drückt seine Füße in den terrakottaroten Staub.
Steil führt die Treppe den Berg hinauf.
Eine Frau tastet sich der Wand entlang.

                    - Hallo, ich bin Yahya Glasmacher.

Sie trägt ein Ballerinenkleid.
- Möchtest du eine Aussicht?
Ein Mann folgt dem Weg an der Hangkante.

                    - Hallo, ich bin Wendelin Veit.

Er trägt einen Dreiteiler.
- Ich sehe gern in die Weite.
Yahya senkt leicht die Augenlider.
- Würdest du einen kleinen Aufstieg scheuen?
Veit schlenkert mit den Armen.
- Im Gegenteil! Ich mag es, bergauf zu gehen.
Der Pfad führt zum Aussichtspunkt.
Sie wirft das Haar nach hinten.
- Hast du eine Lieblingsfarbe?
Er hebt die Schultern zu den Ohren.
- Ja, Himbeerrot.
Eine Farblache hat sich in einer winzigen Felsmulde gebil-

31

det.

Yahya streckt die Hand aus.

- Sie hat die Form eines Vogels.

Veit taucht den Finger ein, steckt ihn in den Mund.

- Das ist Himbeersaft.

Eine Frau gesellt sich dazu.

- Hallo, ich bin Kuna Regli.

Sie trägt ein Cargokleid und bringt einen Lappen.

- Er saugt die Farbe auf.

Yahya sieht Veit erwartungsvoll an.

- Was meinst du? Nimmt er die Form des Vogels auf?

Er verschränkt die Arme hinter dem Kopf.

- Wenn du testen möchtest, wie saugfähig der Stoff ist, solltest du es zumindest versuchen.

Kuna gibt Huch den Lappen.

- Legst du ihn über die Lache?

Er geht in die Hocke.

- Soll ich ihn so ausbreiten, dass der Vogel am Rand erscheint?

Yahya reißt die Arme hoch.

- Nein, ich hätte ihn lieber in der Mitte.

Veit eilt in kleinen Trippelschritten hin und her.

- Wenn das Bild einen Mittelpunkt hat, schaue ich es ruhiger an.

Kuna dreht sich ihm zu.

- Wieso?

Er schwingt die Arme vor dem Oberkörper.

- Ist der Vogel am oberen Rand, denke ich: Er fliegt weg.

Huch deckt die Lache zu.

- Der Lappen saugt den Saft auf.

Yahya sagt mit heller Stimme.

- Er bekommt rote Flecken.

Veits Augen sprühen vor Begeisterung.

- Sie fließen zusammen.

Kuna schmiegt sich an Huch.

- Der Vogel erscheint, wie auf den Lappen gemalt.

Er richtet sich auf.

- Es könnte ein Sperling sein.

Yahya streicht sich eine Locke aus der Stirn.

- Hast du Sperlinge gern?

Veit beugt das Handgelenk.

- Ja, sie sind selten allein und reden miteinander, in ihrer Sprache eben.

Ein Mann hangelt sich von Felsbrocken zu Felsbrocken.

- Hallo, ich bin Cem Jag.

Er trägt ein Eisbärkostüm.

- Ich stelle den Lappen aus.

Kuna fasst sich an den Kopf.

- Wo?

Jag hebt den Fuß etwas vom Boden ab.

- Im Kulturcasino.

Yahya senkt den Blick.

- Wie findest du mein Kleid? Passt es ins Casino?

Veit zieht den Ellbogen ein.

- Sicher! Du kannst es tragen oder ausstellen, was du lieber machst.

Kuna lächelt liebenswürdig.

- Trägst du den Lappen?

Jag hebt ihn auf.

- Wenn ich darf.

Ein Weg aus Geröll führt zum Berghang.

Yahya kneift blinzelnd die Augen im Licht zusammen.

- Was würdest du tun, wenn du ein Stein im Geröll wärst?

Veit hüpft auf der Stelle.

- Ich würde hinunterrollen und auf ein Sofa springen.

Eine Kiesallee endet in einem Park, wo Sofas stehen, alle gleich groß, in gleichem Abstand zueinander.

Kuna riecht am Blumendekor des Polsters.

- Wirfst du dich aufs Sofa oder setzt du dich zuerst hin?

Jag kaut an den Lippen.

- Mit dem Lappen in beiden Händen darf ich mir keine Sprünge erlauben.

An einem grob zusammengezimmerten Haus mit Blechdach hängt ein schiefes Schild mit der Aufschrift „Kulturcasino".

Eine Frau läuft zur Tür hinaus.

- Hallo, ich bin Scarlett Neururer.

Sie trägt ein Kleid aus Damast.

- Ich stelle alles aus, egal was. Wenn ich nur etwas bekomme!

Yahya lächelt stolz.

- Wir haben einen Lappen.

Veit lässt den Arm über die ausgestellte Hüfte fallen.

- Der rote Vogel ist aus Himbeersaft.

34

Scarlett atmet tief ein.

- Das wird meine erste Ausstellung.

Kuna schaukelt die Hand.

- Wo würdest du den Lappen aufhängen?

Jag geht zielstrebig zum Kulturcasino.

- An den vorspringenden Balken neben der Tür.

Ein Mann macht ganz vorsichtig einen Schritt.

- Hallo, ich bin Uwe Beltz

Er trägt eine Fantasieuniform und bringt 2 Nägel.

- Ich könnte einen Strich in den Balken ritzen.

Yahya hebt leicht die Nase.

- Wozu?

Beltz erklärt.

- Damit du siehst, wo der Lappen hinkommt.

Veit schließt halb die Augen.

- Willst du nicht einen kleinen Fisch ritzen?

Beltz kreuzt die Arme über der Brust.

- Nein, wenn er fortfliegt, muss ich von vorn anfangen.

Kuna steht grazil da, stellt ein Bein vor das andere.

- Kann ein Fisch fliegen?

Er zieht die Brauen hoch.

- Ja, er steigt mit der Wolke aus dem Wasser.

Eine Frau nähert sich auf Zehenspitzen.

- Hallo, ich bin Arleta Eisfelder.

Sie trägt ein Etuikleid und bringt einen Hammer.

- Darf ich einen Nagel einschlagen?

Jag hält den Lappen an den Balken.

- Sei vorsichtig.

Scarlett stützt sich mit dem Ellbogen gegen die Wand.

- Manchmal lebt eine Holzameise in den Balken.

Beltz gibt Arleta einen Nagel.

- Mach Pausen zwischen den Schlägen.

Sie hämmert.

- Ist gut. Ich sorge dafür, dass sie sich in Sicherheit bringen kann.

Yahya setzt sich.

- Stichwort Pause: Das Sofa ist wolkenweich.

Veit lässt seinen Blick in die Runde schweifen.

- Welches Sofa lacht mich an?

Kuna nimmt Platz.

- Würdest du auch ein Blumendekor wählen?

Jag lässt sich nieder.

- Sicher! Am liebsten mit Pfingstrosen.

Scarlett überschlägt die Beine.

- Was sagst du zu meiner Ausstellung?

Beltz fläzt sich auf ein Sofa.

- Erst jetzt komme ich dazu, den roten Vogel anzusehen.

Arleta streift wie zufällig Huchs Arm.

- Setzt du dich zu mir?

Ein Mann prescht in den Park.

- Hallo, ich bin Irving Tab.

Er trägt einen Gehrock.

- Darf ich dir den Hammer abnehmen?

Sie drückt den Rücken durch.

- Ja, du bist aufmerksam.
Eine Frau quert die Wiese.

- Hallo, ich bin Fiorella Orozco.

Sie trägt eine Federboa.
- Ich zeige euch einen Fisch in den Wolken.
Yahya tippt sich mit der Fingerspitze gegen das Kinn.
- Warum sehe ich ihn nicht vom Sofa aus?
Fiorella winkt.
- Gehen wir aus dem Park! Da öffnet sich der Himmel.
Veit legt die Hände übereinander.
- Ich probiere zuerst das Sofa aus.
Sie tippt Huch von hinten an die Schulter.
- Kommst du mit?
Er weicht mit dem Oberkörper zurück.
- Ja, wir folgen dem Fisch, sehen, wohin er fliegt.

Der Panda mit der Gitarre

Bläulich schimmert der Fluss.
Huch schaut den Fischen zu.
Die Wasseroberfläche kräuselt.
Eine Frau schlendert das Ufer entlang.

- Hallo, ich bin Zarah Hafenbrack.

Sie trägt ein Gazekleid.
- Auf einer Sandbank ist ein altes Piano gestrandet.
Ein Mann trippelt auf den Fußspitzen.

- Hallo, ich bin Milou Queck.

Er trägt einen Harlekinanzug.
- Das muss ich sofort sehen.
Ein breites Lächeln erscheint auf Zarahs Gesicht.
- Spielst du Klavier?
Queck schiebt die Hände zusammen.
- Nein, ich bin einfach unheimlich neugierig.
Schatten ranken über den Weg.
Zarah drückt in der Luft Klaviertasten.
- Würdest du allenfalls den Tastaturdeckel öffnen?
Queck legt den Kopf schief.
- Nur, wenn niemand schneller ist.
Die Sandbank ist sichelförmig.

Zarah watet durchs Wasser.

- Das Piano steckt tief im Sand.

Er hebt den Arm nicht höher als zur Schulter an.

- Das Pedal ragt heraus.

Eine Frau verlangsamt ihre Schritte.

- Hallo, ich bin Pepa Leichte.

Sie trägt ein Hanfkleid.

- Ich gehe durchs Wasser. Kommst du mit?

Huch folgt ihr.

- Das Klavier ist mit Heiligenkraut bemalt. Das sehe ich mir an.

Zarahs Hände flattern wie aufgeregte Vögel.

- Öffnest du den Deckel?

Pepa macht ihn mit Schwung auf.

- Er lässt sich leicht bewegen.

Queck kratzt sich hinter dem Kopf und fragt sich.

- Was ist mit dem Pedal?

Zarah hebt die Stimme.

- Möchtest du den Fuß daraufstellen?

Queck rollt die Zunge über die Lippen.

- Ich dränge mich nie vor.

Pepa wirft Huch einen aufmunternden Blick zu.

- Bedienst du das Pedal?

Er tippt es mit dem linken Fußballen an.

- Es sperrt.

Zarah lehnt sich ganz nebenbei an Huch.

- Versuche es mit dem rechten Fuß.

Er probiert es aus.

- Da muss Sand hineingeraten sein.

Als er zurücktritt, wächst Heiligenkraut aus seinem Fußabdruck.

- Ich hinterlasse eine Blumenspur.

Queck bewegt die Augenbrauen.

- Geh ein paar Schritte!

Pepa blinzelt mit fröhlichem Blick.

- Die Bienen werden es dir danken.

Huch geht rückwärts.

- Die Blüten duften würzig.

Zarah breitet mit leicht durchgebeugtem Knie die Arme aus.

- Du wirst die ganze Sandbank zum Blühen bringen.

Queck reibt sich verwundert die Augen.

- Mach kleinere Schritte, eng nebeneinander.

Pepa wirft die Lippen auf.

- Alles soll mit Blumen bedeckt sein.

Aus Versehen tritt Huch ins Wasser.

- Da ist schon der Rand der Sandbank.

Er hebt das Bein, schaukelt den Fuß.

- Jetzt setze ich ein paar Blumen ganz nah ans Wasser.

Sein Fußabdruck bleibt leer.

- Das Wasser hat die Kraft gelöscht.

Zarah berührt seinen Handrücken.

- Geh zum Pedal!

Queck stemmt die Ellbogen raus, reißt das Kinn hoch.

- Es lässt sich alles erneuern.

Pepa fasst sich ans Herz.

- Beim anderen Fuß wirkt der Zauber ungebrochen.

Huch stellt beide Füße ins Wasser.

- Wisst ihr was?

Er kehrt zum Ufer zurück.

- Ich lasse es dabei bewenden.

Zarah verlässt die Sandbank.

- Das ist dein Entscheid.

Queck planscht durchs Wasser.

- Du weißt am besten, wann du aufhören musst.

Pepa kommt nach.

- Ich finde es gut, wenn verschiedene Blumen nebeneinander wachsen.

Ein Mann wandelt auf dem Uferweg.

- Hallo, ich bin Astor Dimm.

Er trägt ein Igelkostüm.

- Ich habe eine Glockenblume gesehen, die direkt neben einer Salbei blüht.

Zarah reibt Daumen und Zeigefinger aneinander.

- Wo?

Queck lehnt den Arm lässig an die Hüfte.

- Das musst du uns zeigen.

Dimm reckt den Kopf nach vorn.

- Die Blumenwiese ist in der Nähe.

Ein schmaler Weg windet sich hinauf, von hohen Bäumen umgeben.

Pepa betrachtet Dimms Kostüm.

- Hast du die Igel gern?

Er schließt die Hand zur Faust.

- Ja, bei Gefahr rollen sie sich ein, und ihre Stacheln zeigen nach außen.

Zarah tritt auf die Wiese hinaus.

- Ich höre die Vögel zwitschern.

Queck legt den Unterarm über die Stirn.

- Die Hummeln brummen.

Pepa zeichnet mit der ausgestreckten Hand Kurven durch die Luft.

- Und Bienen fliegen von der Glockenblume zur Salbei.

Dimm legt den Zeigefinger vor das Kinn.

- Das Gras wächst hoch.

Eine Frau zuckelt gemächlich.

- Hallo, ich bin Kananga Nickerson.

Sie trägt ein Jackenkleid.

- In der Nähe hat es einen Bambuswald.

Zarah bekommt leuchtende Augen.

- Ich würde ihn gern sehen.

Queck beugt sich sehr weit nach vorn.

- Kannst du uns hinführen?

Kananga geht voran.

- Folgt mir bitte.

Der Weg führt in einen hellgrünen, schier undurchdringlichen Wald.

Pepa horcht.

- Die Blätter rauschen.

Dimm wagt kaum zu atmen.

- Ich komme mir wie ein Zwerg vor.

Ein Panda taucht auf.

- Hallo, ich bin Ubaldo Flink.

43

Er trägt eine Gitarre in der Tatze.

- Ich bringe mir das Spielen bei.

Zarah legt die Hände übereinander.

- Stimmst du die Saiten auch selber?

Flink tigert mit federnden Schritten hin und her.

- Ja, ich mag eigene Töne und Harmonien.

Queck schmiegt die Arme auf Bauchhöhe an den Leib.

- Wenn ich nur einen Kugelschreiber hätte!

Flink macht einen Luftsprung.

- Möchtest du meinen Song aufschreiben?

Eine Frau beschleunigt ihren Gang.

- Hallo, ich bin Tabea Ilgner.

Sie trägt ein Kaminkleid und bringt einen Kugelschreiber.

- Er ist bambusgrün.

Pepa klemmt die Haare hinters Ohr.

- Hättest du gern einen roten?

Queck neigt den Kopf leicht zur Seite.

- Nein, Grün beruhigt mich.

Ein Mann durchquert den Wald.

- Hallo, ich bin Erno Benn.

Er trägt eine Pilotenbrille und bringt einen Papierfetzen.

- Ziehst du die Notenlinien selber?

Queck gibt Huch den Kugelschreiber.

- Ich gebe ihn lieber dir.

Benn legt den Fetzen auf eine Felsplatte.

- Soll ich ihn glätten?

Huch streicht mit der Hand darüber.

- Geht schon.

Flink zupft eine Saite an.

- Das ist mein Song. Du darfst ihn notieren.

Huch zeichnet einen Kreis und einen Notenhals.

- Er besteht nur aus einer Note.

Tabea nimmt ihm den Kugelschreiber ab.

- Ich kann ihn vorwärts oder rückwärts spielen.

Benn hebt den Fetzen von der Felsplatte.

- Ich habe es gern, wenn keine Richtung vorgegeben ist.

Huch blickt nach links und nach rechts.

- Überall ist Bambus.

Die federweiße Taube

Kleine Wellen bewegen den See.
Huch lauscht dem Rauschen.
Das Licht dehnt den Sandstrand.
Eine Frau findet sich ein.

- Hallo, ich bin Jeanine Reiser.

Sie trägt ein Lamettakleid.
- Hast du gern Raben?
Ein Mann federt herbei.

- Hallo, ich bin Oberon Grieg.

Er trägt ein Rabenkostüm.
- Ich mag diese Vögel.
Jeanine hält den Kopf schief.
- Warum?
Grieg legt die Hände zusammen.
- Sie finden immer etwas und tragen es im Schnabel.
Sie stimmt einen heiteren Ton an.
- Was hast du gefunden?
Er presst die Lippen zusammen.
- Bis jetzt noch nichts. Aber ich halte die Augen offen.
Eine Frau geht zu Fuß zum Strand.

- Hallo, ich bin Ingrid Telemann.

Sie trägt ein Madraskleid und bringt einen weißen Farbstift.
- Nimm ihn!
Jeanine dreht sich um ihre Achse.
- Kannst du ihn auf beide Zeigefinger legen?
Grieg atmet die Luft durch den Mund aus.
- Das geht, aber ich brauche zunächst noch den Daumen.
Ingrid guckt fröhlich.
- Du bist geschickt.
Ein Mann kommt mit ausgreifenden Eisläuferschritten.

- Hallo, ich bin Charles Viez.

Er trägt ein Sakko und bringt einen blauen Papierstreifen.
- Wie heißt dieses Blau?
Jeanine legt beide Hände mit den Fingerspitzen aneinander.
- Ist es Ultramarinblau?
Grieg spielt mit dem Stift.
- Eher Aquamarin, würde ich sagen.
Eine Frau läuft fast schwerelos über den Strand.

- Hallo, ich bin Serafina Wallenstein.

Sie trägt ein Nachthemd.
- Zeichne ein Strichmännchen!
Jeanine hebt das Bein ein wenig vom Boden ab.
- Es steht irgendwo verloren am linken Rand.

Grieg gibt Huch den Farbstift.

- Wieso verloren?

Ingrid lässt das Handgelenk kreisen.

- Es weiß noch nicht, ob es stehen bleiben oder auf die Mitte zugehen soll.

Viez legt den blauen Streifen auf einen Uferfelsen.

- Zeichne doch einfach einmal ein Auge!

Huch malt einen Kreis.

- Das Männchen erscheint nicht ganz am äußersten Rand, wenn es euch recht ist.

Serafina zeigt mit der Fingerspitze auf ihn.

- Das musst du selber entscheiden.

Jeanine wölbt grazil den Hals.

- Wir reden dir nicht drein.

Ein Mann nähert sich in trippelnden Tanzschritten.

- Hallo, ich bin Yasin Neun.

Er trägt eine Tennishose.

- Das Strichmännchen sollte ein Ziel haben, damit es sich bewegt.

Grieg neigt den Oberkörper vor.

- Es fragt sich: Was ist mein Lieblingstier?

Ingrid gleitet mit den Fingernägeln über Huchs Hand.

- Die Antwort fällt ihm blitzschnell ein.

Viez flattert mit den Armen.

- Es ist eine Taube.

Eine Frau quert den Strand.

- Hallo, ich bin Flora Keitel.

49

Sie trägt einen Overall.

- Darf ich euch einen Zylinder zeigen?

Serafina dreht sich nach Neun um.

- Würde dir ein Zylinder stehen?

Er scharrt mit den Füßen.

- Einen Zylinder mit der Tennishose kombinieren? Wie wirkt denn das?

Flora hat ein wie gemaltes Lächeln auf den Lippen.

- Denk nicht weiter darüber nach! Ich rede von einem riesengroßen Zylinder, den du gar nicht tragen kannst. Du kannst ihn nur betreten.

Jeanine schiebt ihr Kinn nach vorn.

- Den will ich sehen.

Grieg sagt leise, in sich gekehrt.

- Ich bin noch nie in einem Zylinder gewesen.

Ingrid nimmt Huch den Farbstift aus der Hand.

- Gehen wir!

Viez ergreift den Streifen.

- Wir lassen nichts liegen.

Der Wanderweg folgt dem Strand.

Serafina rennt Hand in Hand mit Neun.

- Ich höre die Stimme des Windes.

Er hält die Hand ans Ohr.

- Mir gefällt das Flüstern des Wassers.

Mit der Krempe gegen oben, als habe ihn ein gigantischer Zauberkünstler abgestellt, steht der Zylinder am Ende der Bucht.

Flora weist auf eine Tür.

- Sie lässt sich mühelos öffnen wie bei einer Umkleidekabine.

Jeanine macht sie auf.

- Trittst du ein?

Grieg wirft Huch einen freundlichen Blick zu.

- Ich lasse dir den Vortritt.

Huch geht in den Zylinder.

- Lässt sich die Tür von innen schließen?

Er zieht sie zu, verwandelt sich in eine federweiße Taube.

- Ich spreize die Flügel.

Ingrid ruft.

- Wie ist es?

Viez winkelt den Ellbogen an.

- Kommst du wieder heraus?

Huch flattert aus dem Zylinder.

- Ja, draußen kann ich frei fliegen.

Serafina tänzelt mit Wippen und Hüpfen über den Strand.

- Ich könnte einen Brief schreiben.

Neun fragt höflich.

- Woher weißt du, dass er eine Brieftaube ist?

Huch fliegt zum Wald, über die Baumkronen hinweg.

- Ich suche eine Stelle zum Landen.

Ein Mann rennt im Zickzack durch den Wald.

- Hallo, ich bin Devin Poll.

Er trägt einen Wollpullover und bringt eine Füllfeder.

- Wer möchte sie testen?

Eine Frau schlenkert über die Lichtung.

- Hallo, ich bin Ashley Ugo.

Sie trägt ein Paisleykleid und bringt einen Briefbogen.

- Darf ich sie anschauen?

Er nimmt die Kappe ab.

- Du kannst auch eine Schriftprobe machen.

Huch setzt sich auf einen Ast.

- Ich bin gelandet.

Ashley deutet eine federnde Lockerungsübung an.

- Hast du die weiße Taube verscheucht?

Er blickt an sich herunter.

- Ich habe mich zurückverwandelt.

Poll stützt das Kinn auf den Handrücken.

- Bist du eine Brieftaube gewesen?

Huch baumelt mit den Beinen.

- Nein, ich bin nur aus dem Hut zu diesem Ast geflogen.

Ein Mann tritt aus dem Wald.

                                 - Hallo, ich bin Hajo Bitt.

Er trägt eine Zirkusuniform und bringt eine Leiter.

- Soll ich sie anstellen?

Huch rutscht beiseite.

- Ist sie lang genug?

Bitt lehnt sie gegen den Stamm.

- Das sehe ich gleich.

Ashley schleudert ihren rechten Arm in die Höhe.

- Du hast ein gutes Augenmaß.

Poll legt beide Handflächen an den Hinterkopf.

- Die Leiter reicht bis zum Ast hinauf.

Huch steigt herab.

- Der Ausblick hat mir gefallen.

Bitt winkelt die Ellbogen in verschiedene Richtungen.

- Wer möchte jetzt hinaufklettern?

Ashley legt das Blatt auf eine Felsplatte.

- Vielleicht später! Im Moment geht der Brief vor.

Poll gibt ihr die Füllfeder.

- Mit welcher Hand schreibst du?

Sie reicht die Feder Huch weiter.

- Ich dachte, du würdest schreiben.

Bitt hebt die Schultern bis zu den Ohren.

- Hast du ein Couvert?

Eine Frau umrundet die Felsplatte.

- Hallo, ich bin Zena Eichholz.

Sie trägt ein Ringelkleid und bringt einen Umschlag.

- Er ist sonnenblumengelb.

Huch legt die Hand ans Ohr.

- Wie fängt der Brief an: Liebe oder Lieber?

Ashley presst die Hände gegeneinander.

- Schreibe nur ein Wort: Hallo.

Die gläserne Biene

An den Bäumen schimmern die Blätter.
Huch spaziert immer tiefer in den Wald hinein.
Sonnen- und Schattenflecken sprenkeln den Weg.
Eine Frau vertritt sich ein wenig die Beine.

- Hallo, ich bin Malika Lagrange.

Sie trägt ein Samtkleid.
- Hast du eine Serviette?
Ein Mann wandert über den federnden Waldboden, als
ginge er auf Wolken.

- Hallo, ich bin Quent Putz.

Er trägt ein Apfelkostüm und bringt eine Serviette.
- Hilft sie dir?
Malika prüft den Stoff mit Daumen und Zeigefinger.
- Ja, das könnte sein. Ich würde sie gern ausbreiten.
Putz balanciert auf den Fußballen.
- Wo?
Sie dreht das Handgelenk.
- Auf einer Felsplatte.
Eine Frau zieht durch den Wald.

- Hallo, ich bin Hien Rathgeber.

55

Sie trägt ein Tenniskleid.

- Sucht ihr einen Felsen, schmal und flach wie ein Tisch?

Malikas Augen leuchten.

- Kennst du einen?

Hien neigt den Kopf nach hinten.

- Er steht im Schatten eines riesigen Baumes.

Ein schmaler, steiniger Pfad führt bergauf.

Putz stolpert über seine eigenen Füße.

- Ist es schwierig, eine Felsplatte zu finden?

Hien streckt ihren Körper durch.

- Nein, es ist leichter, als du denkst. Du brauchst ein Auge dafür.

Unter der mächtigen Krone einer Eiche schimmert die Felsplatte.

Malika legt die Serviette aus.

- Ich falte eine Blume.

Putz streckt den Kopf vor.

- Machst du eine Rose?

Sie schlägt den Stoff um.

- Du kannst auch eine Seerose darin sehen.

Hien beugt ein wenig den Rücken.

- Du knickst die Spitzen nach oben.

Malika drückt die Fingerspitzen an den Stoff.

- Das ist der Trick.

Ein Mann kreuzt auf.

                              - Hallo, ich bin Kalle Schab.

Er trägt ein Bärenkostüm.

- Ich stelle die Serviettenblume im Weltkunsthaus aus.

Putz hält sich die Hand vor den Mund.

- Ich bin noch nie dort gewesen.

Hien greift sich an den Kopf.

- Steht es im Wald?

Schab spricht mit ausladender Geste.

- Nein, am Waldrand.

Eine Buche streckt ihre Äste über den Weg.

Malika trägt die Serviettenblume.

- Wärst du gern eine Biene?

Putz senkt die Lider.

- Ja, die Biene tauscht sich immer mit den anderen aus.

Am Waldrand stehen Sonnenliegen in einem Park.

Hien beugt leicht den Arm.

- Sind wir da?

Schab weist auf ein altes, verfallenes Gebäude, einge-
wachsen und verborgen in wuchernden Waldreben.

- Ich hoffe, das Weltkunsthaus gefällt dir.

Malika sperrt die Augen auf.

- Möchtest du dich auf einer Sonnenliege ausstrecken?

Putz klatscht auf die Beine.

- Am liebsten sofort.

Eine Frau tritt durch die Tür ins Freie.

                              - Hallo, ich bin Nike Uhu.

Sie trägt ein Wollkleid.

- Ich stehe am Anfang, habe noch nie eine Ausstellung ge-
habt.

Hien blinkert mit den Augen.

- Stellst du die Serviettenblume aus?

Nike deutet auf einen verwitterten Harass.

- Ja, lege sie darauf.

Schab reibt sich an der Nase.

- Ich habe Lust auf eine Sonnenliege.

Nike nickt unmerklich.

- Suche dir eine aus.

Malika entscheidet sich schnell.

- Mir gefällt das orangerote Polster.

Putz wählt die benachbarte Liege.

- Von hier sehe ich gut auf die Serviettenblume.

Hien räkelt sich.

- Das ist die Sonnenliege, die ich will.

Schab legt die Beine übereinander.

- Ich verspreche, ich werde eine Weile lang still sein.

Nike fasst Huchs Handgelenk.

- Lass mich bei der Eröffnung der Ausstellung nicht allein!

Ein Mann verlangsamt seine Bewegungen.

                                         - Hallo, ich bin Isidoro Vier.

Er trägt ein Clownshemd.

- Welche Sonnenliege soll ich nehmen?

Nike lächelt mit halboffenen Augen.

- Neben mir ist eine frei.

Eine Frau zieht durch den Park.

                              - Hallo, ich bin Demetre Waltrop.

Sie trägt das Kostüm einer Zirkusprinzessin.

- Ich habe eine gläserne Biene gesehen.

Malika fährt mit den Fingerspitzen über die Lippen.

- Du machst mich neugierig.

Putz atmet tief durch die Nase ein.

- Ich ruhe mich zuerst aus.

Hien bewegt fahrig die Hand.

- Gib mir ein bisschen Zeit.

Schab hält die Hände schützend vor die Augen.

- Dann komme ich mit dir.

Nike schaukelt den Kopf.

- Eine gläserne Biene kommt selten vor.

Vier drückt die Oberschenkel zusammen.

- Dafür würde ich auch einen Weg in Kauf nehmen, ganz egal, wie weit er ist.

Demetre hakt sich bei Huch ein.

- Wartest du bei den Sonnenliegen, bis sie aufstehen?

Er grätscht die Waden nach außen.

- Was schlägst du vor?

Sie schreitet los.

- Wir gehen voran.

Der Weg führt eine erste Steigung hinauf.

Demetre fährt Huch mit der Hand über den Rücken.

- Was machst du, wenn du die gläserne Biene erblickst?

Ein Mann tritt auf.

- Hallo, ich bin Octavio Tack.

Er trägt ein Eulenkostüm.

- Ich nehme sie in die Hand.

In einer sich selbst überlassenen Steppe mit einzelnen Büschen und Bäumen glitzert die Biene im Gras.

Demetre dreht das Gesicht.

- Da liegt sie.

Tack bückt sich.

- Ich lese sie auf.

Die gläsernen Beine der Biene zappeln.

Demetre starrt ihn aus großen Augen an.

- Was machst du?

Tack spreizt die Arme weit vom Körper weg.

- Nichts! Ich lasse sie fallen.

Demetre wendet sich an Huch.

- Nimmst du sie?

Huch schiebt den Kopf vor.

- Ich frage Octavio.

Bevor er dazu kommt, hat sie ihm Tack bereits in die Hand gedrückt.

- Du musst nicht fragen.

Die Biene bekommt einen schwarzgelb gestreiften Körper.

Demetre kneift die Augen zusammen und schaut.

- Sie verwandelt sich.

Tack lockert seinen Oberkörper.

- Es ist, als wäre sie im Eis eingeschlossen gewesen.

Die Flügel schwirren. Die Biene fliegt in den mächtigen Wipfel eines Ahornbaums.

Demetre reckt die Finger wie Antennen empor.

- Sie lebt.

Tack drückt sein Rückgrat durch.

- Die Erde ist um eine Biene reicher.

Eine Frau beschleunigt ihre Schritte.

- Hallo, ich bin Yamina Albus.

Sie trägt einen Badeanzug.
- Ich würde gern einen Wunschzettel in den Wind hängen.
Demetre kräuselt die Oberlippe nach oben.
- An einen Strauch?
Tack umfasst das Kinn mit der Hand.
- Oder an einen Baum?
Yamina senkt den Blick vom Wipfel zu Huch.
- Wie heißt dieser riesige Baum?
Er greift nach einem unsichtbaren Ast in der Luft.
- Das ist ein Ahorn.

Das rote Grünkehlchen

Das Wasser stürzt in 2 Kaskaden die Felsen hinab.
Huch steht bei einem kleinen See.
Die Sonne zeichnet einen Regenbogen in die Luft.
Eine Frau durchstreift den Wald.

- Hallo, ich bin Gundi Colic.

Sie trägt ein Charlestonkleid.
- Ein Schild ist im Wald.
Ein Mann eilt mit schnellen Schritten.

- Hallo, ich bin Esko Blank.

Er trägt eine Feinstrickmütze.
- Das möchte ich sehen.
Sie beugt den Ellbogen.
- Gehst du gern ein paar Schritte?
Er dreht die Hand.
- Für ein Schild scheue ich keinen Weg.
Der Pfad führt auf den Bergkamm und verläuft durch einen Buchenwald.
Gundi verzieht den Mund zum feinen Lächeln.
- Es hängt an einem Wildapfelbaum.
Blank streckt das Kinn nach vorn.
- Ich würde gern lesen, was darauf steht.

Am Waldrand fließt die Baumkrone eines mächtigen Baums in den Himmel hinein.

Gundi hat den Mund leicht geöffnet.

- Kannst du die Schrift entziffern?

Seine Augen wandern hin und her.

- Ich werde es gleich erfahren.

Er tritt zum Stamm, liest den Satz.

- Hier ist ein Baum.

Sie wischt sich das Haar aus der Stirn.

- Das Schild stimmt.

Blank reibt sich verwundert die Augen.

- Jetzt denke ich an den Baum.

Gundi fasst sich an die Wange.

- Möchtest du etwas an diesem Schild ändern?

Er überlegt lange.

- Nein, ich lasse lieber die Finger davon. Ich würde stets auf die gleichen Wörter zurückkommen.

Sie fasst in einer vertraulich wirkenden Geste Huchs Oberarm.

- Und du? Möchtest du rasch versuchen, ein Wort einzusetzen oder wegzulassen?

Er betrachtet das Schild.

- Wieso? Ein Außerirdischer könnte landen und lernen, den Baum zu benennen.

Eine Frau folgt einem Trampelpfad.

- Hallo, ich bin Zdenka Finkenstein.

Sie trägt ein Uniformkleid.

- Hörst du das Rotkehlchen?

Gundi zieht das Kinn leicht zur Brust.

- Wir kommen vom Wasserfall.

Blank blickt heiter drein.

- Dort sang es mit dem Wasser.

Zdenka tastet den Baum mit seinen Blicken ab.

- Wenn es aufhört, würde ich gern weiter singen.

Gundi hat in den Augen ein blitzendes Lachen.

- Es verstummt nie.

Blank beugt den Kopf ein wenig nach links.

- Ich würde es vermissen.

Ein Mann geht einen Schritt schneller.

- Hallo, ich bin Joe Piep.

Er trägt Gipserhosen und bringt eine orangerote Pastell-kreide.

- Sie ist stark und hält einen festen Druck schon aus.

Zdenka schaut mit tiefem prüfendem Blick.

- Kann ich auch einen feinen Strich ziehen?

Piep spricht in aufmunterndem Ton.

- Wie du Lust hast! Die Kreide erlaubt alles.

Eine Frau tritt heran.

- Hallo, ich bin Taki Rademacher.

Sie trägt ein Eichhörnchenkostüm und bringt einen Zei-chenblock.

- Wer will darin blättern?

Gundi schlägt die Seiten um.

- Alle Blätter sind leer.

Blank guckt lächelnd hinein.

- Zeichnest du lieber ein Rotkehlchen oder ein Grünkehlchen?

Sie gibt den Block Huch.

- Mich nimmt wunder, wie du es angehst.

Er beantwortet die Frage.

- Ich möchte ein Grünkehlchen zeichnen.

Zdenka dreht schräg und unsicher die Schultern.

- Mit der roten Kreide?

Piep reicht ihm die Pastellkreide.

- Ich bin gespannt.

Huch zeichnet einen roten Vogel.

- Ich fange an.

Ein Mann kommt auf leisen Sohlen.

- Hallo, ich bin Iwan Kahr.

Er trägt eine Hasenohrenmütze und bringt einen grünspechtgrünen Malstift.

- Ich weiß, dass ihr Grün braucht.

Taki schlägt die Hand vor den Mund.

- Wir haben darauf gewartet.

Kahr schwenkt den Blick zu Huch.

- Jetzt fehlt nur noch, dass du Kopf und Brust grün anmalst.

Gundi nimmt Huch die Pastellkreide ab.

- Denk ein paar Minuten nach, ob du das wirklich machen willst.

Blank setzt sich ins Gras, zieht die Schuhe aus.

- Vielleicht bist du müde und gönnst dir eine Verschnaufpause.

Kahr gibt Huch den Malstift.

- Hast du ein Problem damit?

Huch malt den Kopf und die Brust grün.

- Ich glaube kaum.

Zdenka formt ein Herz mit den Fingern, pustet es in Huchs Richtung.

- Und schon hast du ein rotes Grünkehlchen.

Piep reißt die Hände hoch.

- Diese Zeichnung wird bestimmt heiß begehrt.

Eine Frau läuft in hurtigen Sprüngen über die Wiese.

- Hallo, ich bin Astrid Wagenknecht.

Sie trägt ein Faltenkleid.

- Ich stelle das Bild in der Galerie aus.

Taki ergreift den Zeichenblock.

- Ich bin froh, dass er gezeigt wird.

Kahr bewegt die Augen zu Huch.

- Fast hätte ich etwas vergessen.

Er streckt die Hand aus.

- Darf ich den Stift zurückhaben?

Huch gibt ihn zurück.

- Er gehört dir.

Astrid dreht sich in den Wind.

- Ich führe euch zur Galerie.

Der Weg zieht sich in immer engeren Schleifen die Wiese hinauf.

Gundi breitet die Arme wie Flügel aus.

- Weißt du, wie groß du bist?

Blank wackelt mit den Händen.

- Nur ungefähr. Ich habe mich schon lang nicht mehr gemessen.

Auf einer mit Gras überwucherten Steinterrasse stehen Strandkörbe.

Zdenka kneift die Augen zusammen.

- Die Körbe sind ein bisschen verwittert.

Piep schnuppert am Stoff.

- Aber die Kissen sind frisch bezogen.

Die Galerie steht unter einem riesigen Baum.

Ein Mann fegt durch die Tür.

- Hallo, ich bin Narciso Haak.

Er trägt eine Jacke.

- Warum kommst du vorbei?

Taki hat ein feines Lächeln auf den Lippen.

- Ich suche einen geeigneten Ort für meinen Zeichenblock.

Kahr berappelt sich.

- Möchtest du ihn in deiner Galerie zeigen?

Haak spricht mit aufmunternder Miene.

- Sicher! Leg ihn in einen Strandkorb.

Astrid streckt und räkelt sich.

- Ist es deine erste Ausstellung?

Er steht breitbeinig.

- Ja. Sie wird viele Menschen anziehen.

Gundi setzt sich.

- Ich glaube, dass ich etwas Ruhe brauche.

Blank nimmt Platz.

- Dieser Strandkorb gefällt mir.

Zdenka fläzt sich.

- Manche mögen Sessel, andere: Strandkörbe.

Piep reibt seinen Zeigefinger rund um die Nase.

- Was kann ich für dich tun?

Taki klopft aufs Kissen.

- Setz dich zu mir.

Kahr legt die Beine übereinander.

- Das Kissen ist weich.

Astrid reibt die Augen.

- Warum stehe ich?

Haak sputet sich.

- Ich renne zum nächsten Strandkorb.

Eine Frau nähert sich mit besonders geschmeidigem Gang.

- Hallo, ich bin Daniela Liberty.

Sie trägt ein Glitzerkleid.

- Wir könnten zusammen sein.

Huch reckt das Kinn.

- Wer?

Daniela gleitet mit der Fingerspitze über seinen Unterarm.

- Du und ich.

Er schaut sich erwartungsvoll um.

- Alle können zusammen sein.

Das fliegende Schwein

Ein Berg fällt steil ab.
Huch genießt den beeindruckenden Ausblick.
Leuchtendes Grün bewächst die tiefen Furchen der Fels-
flanke.
Eine Frau schlendert auf dem Weg.

- Hallo, ich bin Oksana Quellsprung.

Sie trägt Hotpants.
- Wartest du auf jemanden?
Ein Mann tippelt.

- Hallo, ich bin Vernon Mahn.

Er trägt ein Käferkostüm.
- Ja, auf euch.
Oksana streicht sich mit einer beiläufigen Handbewe-
gung das Haar zurück.
- Was hast du vor?
Mahn lässt die Arme hängen.
- Ich möchte Zeit mit euch verbringen.
Eine Frau geht schrittweise vorwärts.

- Hallo, ich bin Yana Uhlen.

Sie trägt ein Jacquardkleid.

- Ich habe mich gebückt und einen Pinsel gefunden.

Oksana legt die Hände auf die Oberschenkel.

- Er sieht brauchbar aus.

Mahn wackelt mit den Zehenspitzen.

- Es gibt sicher etwas anzumalen.

Ein Mann wandert.

       - Hallo, ich bin Eugenio Scarlatti.

Er trägt eine Lammfellweste und bringt eine Schale.

- Ich habe aus Bingelkraut eine Farbe hergestellt.

Yana greift nach Huchs Arm.

- Findest du sie gut?

Huch hüpft von einem Bein auf das andere.

- Das ist ein wunderbares Blau.

Eine Frau tritt leise auf.

       - Hallo, ich bin Darinka Raymond.

Sie trägt ein Kapuzenkleid.

- Ich habe einen Tisch gesehen.

Oksana stellt sich auf die Zehenspitzen.

- Was machst du jetzt?

Mahn springt in die Höhe.

- Ich male ihn an.

Darinka spreizt die Ellbogen seitlich ab.

- Soll ich vorangehen?

In Yanas Blick liegt ein Lächeln.

- Gern! Mit dir würde ich sogar auf einen Baum klettern.

Ein schmaler Weg schlängelt sich um die Felsen.

Scarlatti krümmt die Finger zur Handinnenfläche hin.

- Gehst du leicht?

Darinka tänzelt auf der Stelle.

- Ja, ich habe meine Schuhe gut eingelaufen.

Der Tisch steht auf einem samtig grünen Bergkamm.

Oksana dreht sich auf der Fußsohle.

- Was würdest du tun, wenn er aus Gold wäre?

Mahn schwingt ein Bein in die Luft.

- Dann könnte ich ihn wohl kaum anmalen.

Yana gibt ihm den Pinsel.

- Der Tisch ruft dich.

Er reicht ihn Huch.

- Die Borsten sind etwas hart. Vielleicht stört es dich weniger.

Scarlatti bietet ihm die Schale an.

- Tunke ihn in die Farbe. Dann werden sie weicher.

Huch taucht ihn in die Schale.

- Jetzt erscheint er größer.

Darinka schmälert ihre Augen.

- Das wird sofort sichtbar.

Mit lockerer Hand streicht Huch den Tisch an.

- Der Pinsel führt sein eigenes Leben.

Oksana hebt den linken Arm hinter den Kopf.

- Du kennst dich aus.

Mahn reckt seine Hand in die Höhe.

- Geht es so weiter, ist der Tisch bald blau.

Ein Mann bewegt sich im Laufschritt.

- Hallo, ich bin Arcangelo Wies.

73

Er trägt einen Malerkittel.

- Ich stelle den Tisch im Kulturhaus aus.

Yana sagt zu Huch.

- Lege den Pinsel auf die Platte.

Scarlatti stellt die Schale daneben.

- Wir tragen den Tisch.

Darinka legt Hand an.

- Wir warten nicht ab, bis die Farbe trocken ist.

Wies fasst die gegenüberliegende Ecke.

- Ein paar Pinselstriche reichen schon, um was her zu machen.

Oksana hilft tragen.

- Ich unterstütze euch.

Mahn lässt seine Augen unablässig wandern.

- Gefällt mir etwas, dann spüre ich mich.

Der Weg führt über Steinplatten.

Ein Lächeln huscht über Yanas Gesicht.

- Du bist stark.

Scarlatti hebt die Augenbrauen.

- Allein könnte ich den Tisch nicht tragen.

Sie gelangen in einen terrassenförmig angelegten Park mit Sitzbänken.

Darinka räuspert sich.

- Ich schaue dir zu. Du hältst den Tisch locker.

Wies glättet die Stirn.

- Ich stelle ihn ab.

Ein Kranz aus Bäumen umrahmt das Kulturhaus.

Oksana winkelt das Bein leicht an.

- Setzt du dich auf eine Bank?

Mahn hält die Arme vor der Brust verschränkt.

- Auf welche?

Eine Frau stößt die größte von allen Türen auf.

- Hallo, ich bin Tamara Immendorf.

Sie trägt eine Lederjacke.

- Warum bringst du einen Tisch?

Yana breitet die Arme aus und knickst.

- Der Pinsel liegt darauf.

Tamara zieht die Schulter hoch.

- Gefällt er dir?

Scarlatti saugt die Luft ein.

- Ja. Seine Borsten sind weicher geworden.

Sie lässt sich ein Lächeln entlocken.

- Was sagst du zum Tisch?

Darinka deutet in Zeichensprache an.

- Er lässt sich locker halten.

Tamara spitzt die Lippen.

- Ist gut. Dann eröffne ich meine erste Ausstellung.

Oksana nimmt Platz.

- Ich setze mich auf die bananengelbe Bank.

Mahn lässt sich nieder.

- Ich nehme die froschgrüne.

Yana legt den Finger auf die Lippen.

- Ich sehe mich um, bis ich mich entschieden habe.

Scarlatti stellt sich auf die Zehenspitzen.

- Wenn ich bloß meine Lieblingsfarbe finden würde!

Darinka wählt die Bank neben Yana.

- Da fällt mir gerade ein, dass ich Orange mag.

W es lässt die Beine baumeln.

- Hauptsache, ich kann mich setzen.

Tamara ruht sich auf einer kirschroten Bank aus.

- Sie leuchtet.

Ein Mann dringt in den Park.

- Hallo, ich bin Nico Fries.

Er trägt einen Nadelstreifenanzug.

- Ich bin nicht gern allein.

Sie tippt auf die Bank.

- Wie gefällt dir die Farbe?

Fries schwingt die Hände in die Luft.

- Ich setze mich zu dir.

Eine Frau hält im Gehen ein.

- Hallo, ich bin Karolin Jasinski.

Sie trägt ein Makrameekleid.

- Ein Schwein ist gelandet.

Oksana legt 3 Finger an die Lippen.

- Hat es Flügel?

Karolin streicht das Haar zurück.

- Ja, beim Landen stellt es sie hoch. Dann legt es sie an.

Yana sieht Scarlatti von der Seite an.

- Würdest du auch so landen?

Er atmet flach durch den Mund.

- Nein, ich würde lieber wassern.

Karolin scharrt mit den Füßen.

- Darf ich dir das Schwein zeigen?

Darinka fächert die Finger weit aus.

- Ich relaxe noch.

Wies kratzt sich am Kopf.

- Ich brauche etwas Zeit.

Karolin bewegt sich tänzerisch um Huch herum.

- Kommst du mit mir?

Er hebt die Augenbrauen.

- Ja, aber ich möchte das Schwein nicht aufscheuchen.

Der rosafarbene Elefant

Farn überwuchert einen Felsenkopf.
Huch streicht mit seiner Hand Staub vom Gestein.
Flechten und Moos krallen sich in den Boden.
Eine Frau findet den Weg.

- Hallo, ich bin Zita Pechstein.

Sie trägt ein Neckholderkleid.
- Gefallen dir Buchstaben?
Ein Mann geht mit riesigen Schritten.

- Hallo, ich bin Leonas Can.

Er trägt eine Operettenuniform.
- Für Buchstaben renne ich überallhin.
Zita streicht sich das Haar aus dem Gesicht.
- Wir können auch gehen. Sie laufen nicht davon.
Can legt die Hand aufs Herz.
- Wieso?
Sie streicht mit dem Daumen über den Zeigefinger.
- Sie sind menschenhoch.
Sein Herz schlägt schneller.
- Wo sind sie?
Zita senkt den Blick.
- Ganz in der Nähe.

Der Weg führt den steilen Berg hinauf.

Can kippt mit dem Oberkörper leicht vor und zurück.

- Bist du gern behilflich?

Sie berührt die rechte Ohrmuschel mit der Handfläche.

- Kann ich dir etwas helfen?

Er spreizt die Arme leicht vom Körper ab.

- Das machst du bereits. Du zeigst den Weg.

Ihre langen Haare tänzeln beim Gehen auf dem Rücken.

- Das tu ich gern.

Auf einer Anhöhe formen 4 menschenhohe Steinbuchstaben das Wort „Huch".

Can trommelt mit den Fingern auf den Handteller.

- Kommst du dir neben so großen Buchstaben nicht wie geschrumpft vor?

Huch lässt sich ein Lächeln entlocken.

- Nein, schrumpfen ist mir zu anstrengend.

Zita reckt das Kinn nach oben.

- Aber spricht dich das Wort an?

Er zuckt mit der Achsel.

- Nun ja, es ist mein Name.

Can reckt sich.

- Ich dachte, „Huch" sei ein Ausruf.

Huch schaukelt den Arm.

- Kannst du ihn ausrufen?

Can schreit.

- Huch!

Er horcht.

- Gibt es ein Echo?

Zita bewegt ein Bein zur Seite.

- Ich höre es auch.

Ein rosafarbener Elefant kommt auf die Anhöhe.

Can springt, tänzelt, lockert die Muskeln.

- Sind alle Elefanten so groß?

Zita bewegt sich zeitlupenhaft langsam.

- Jeder Elefant hat seine eigene Größe.

Can trippelt.

- Bin ich aufgeregt?

Zita legt die linke Hand in die rechte Ellenbeuge.

- Danach sieht es aus. Du stehst nicht mehr still.

Sie kehrt Huch den Kopf zu.

- Was rätst du Can?

Er fragt ihn.

- Willst du einen ruhigen Ort aufsuchen?

Can schlägt die Augen nieder.

- Das könnte helfen.

Der Elefant verlässt die Anhöhe. Seine Tritte verhallen.

Eine Frau hemmt ihren Schritt.

- Hallo, ich bin Bernarda Hager.

Sie trägt ein Papierkleid.

- Ich kenne ein nagelneues Wanderschild.

Zita atmet ein.

- Willst du das ansehen?

Can streckt die Arme.

- Wenn es nicht stressig ist.

Bernarda stützt das Kinn auf die Hand.

- Was würde dich anstrengen?

Er senkt den Blick.

- Ein ellenlanger Marsch.

Ihre Lippen bewegen sich kaum, während sie spricht.

- Willst du wissen, wie es ist? Dann komm mit!

Der schmale Weg schlängelt sich hinauf.

Zita lächelt Can breit an.

- Was erwartest du vom Wanderschild?

Er rückt auf.

- Es sollte mir den Weg zu einem ruhigen Ort weisen.

Ein knallgrünes Schild scheppert im Wind.

Bernarda steht leicht nach vorne gebeugt.

- Was fällt dir leichter: Lesen oder nicht lesen?

Can dreht sich um die eigene Achse.

- Ich lese es sofort.

Auf dem Schild steht.

- Papageienfeder.

Ein Mann klettert den Hang hinauf.

                              - Hallo, ich bin Graziano Scholz.

Er trägt einen Panamahut und bringt eine Papageienfeder.

- Wäre sie etwas für dich?

Zita streicht sich die Haare aus dem Gesicht.

- Ich muss noch überlegen, ob sie zu meinem Kleid passt.

Can steckt sie sich ins Haar.

- Wie sehe ich aus?

Bernarda nickt anerkennend.

- Witzig.

Zita erhebt die Hände bis zur Schulter.

- Warum ist kein anderer auf die Idee gekommen?

Can kaut auf seiner Oberlippe.

- Ich war schnell.

Eine Frau läuft leise den Pfad entlang.

- Hallo, ich bin Oriana Yamaha.

Sie trägt einen Reifrock.

- Ich kenne einen Birnbaum.

Bernardas Finger bewegen sich leicht.

- Wo steht er?

Oriana streckt und dehnt sich.

- Bei einer Wasserquelle in den Felsen.

Scholz hebt mit durchgedrücktem Rücken den Kopf.

- Was hast du vor?

Zita schaut nach vorne.

- Ich gehe zum Birnbaum.

Der Weg geht ziemlich steil bergauf und dann wieder bergab.

Cans Augen leuchten.

- Mit der Feder im Haar komme ich in Schwung.

Bernarda zieht eine Augenbraue sanft nach oben.

- Gehst du lieber bergauf oder bergab?

Scholz lässt die Finger flattern.

- Ich mag den Wechsel.

Der Birnbaum findet mit der Wurzel in einer Felsspalte Halt. Der Wind rauscht.

Oriana lauscht.

- Hörst du auch eine Stimme im Wipfel flüstern?

Zita neigt den Kopf.

- Was sagt sie?

Can hebt den Arm an.

- Etwas von einem roten Tuch.

Ein Mann marschiert mit baumlangen Schritten.

- Hallo, ich bin Felipe Quitt.

Er trägt Radlerhosen.

- Ich habe ein großes rotes Tuch gesehen.

Bernarda verlagert das Gewicht auf das gebeugte Bein.

- Wo liegt es?

Quitt reibt sein Kinn.

- Im Grasland.

Scholz bläht leicht die Nasenflügel.

- Gehst du voran?

Quitt hält die Handfläche nach oben.

- Wenn du es wünschst.

Sie wandern dem Bergkamm entlang und folgen einem Weg.

Zita beugt den Oberkörper.

- Da liegt ein Weizenstrohhalm.

Can bleibt stehen.

- Ich lese ihn auf.

Das mohnrote Tuch liegt auf einer Bergwiese.

Bernarda neigt den Kopf.

- Jemand liegt darunter.

Scholz schaut den Umriss des Körpers, der sich unter dem Stoff abzeichnet, an.

- Hey! Kommst du hervor?

Eine Frau schlägt das Tuch zurück.

- Hallo, ich bin Jennifer Deutschmann.

Sie trägt einen Sari.

- Warum rufst du?

Er zieht die Oberlippe auf einer Seite nach oben.

- Ich wollte wissen, wer unter dem Tuch liegt.

Jennifer zaubert Huch ein kurzes Lächeln ins Gesicht.

- Und sonst?

Er weist auf den Halm.

- Zita hat ihn gesehen und Leonas aufgelesen.

Der Wal im sattblauen Himmel

Bläulich schimmert der Fluss.
Huch lässt die Hände durchs Wasser gleiten.
Ein paar Strudel gurgeln vor sich hin.
Eine Frau nähert sich mit bedächtigen Schritten.

- Hallo, ich bin Melita Villeneuve.

Sie trägt ein Trachtenkleid.
- Ich kenne eine Silberweide.
Ein Mann rennt mit ausgebreiteten Armen.

- Hallo, ich bin Kornelius Ret.

Er trägt Safarihosen.
- Ich mag Silberweiden. Wo steht der Baum?
Melita dreht sich um.
- Flussabwärts, wenige Schritte von hier entfernt.
Ret lässt seine Hand locker baumeln.
- Ich muss sie sehen.
Der Weg verläuft den Fluss entlang.
Melita streicht eine Strähne hinter die Ohren.
- Was gefällt dir an der Weide?
Ret winkelt ein Bein an.
- Ihre Äste streifen fast das Wasser.
Ein Regenbogen spannt sich über den Fluss. Bei einem

moosüberzogenen Felsen ragt die mächtige Silberweide auf.

Melita lenkt den Blick.

- Sie hat eine kleine Öffnung im Stamm.

Ret geht in die Knie und federt.

- Was kann ich tun?

Melita dreht sich in seine Richtung.

- Wenn du einen guten Wunsch in das Astloch flüsterst, erfüllt er sich.

Ret beugt sich leicht nach vorne.

- Ich möchte eine Amsel sehen.

Eine Amsel fliegt zum Ast direkt über seinem Kopf.

Melita sortiert sich eine Haarsträhne hinters Ohr.

- Möchtest du, dass sie singt?

Er reißt die Augen auf.

- Das würde mir gefallen.

Das Lied der Amsel klingt sanft und melodiös.

Melita wirft den Kopf hin und her.

- Sei nicht allzu bescheiden! Du darfst dir etwas Großes wünschen.

Ret weitet seinen Gürtel und atmet tief ein.

- Ist gut. Dann hätte ich gern ein Nashorn.

Es raschelt im Unterholz. Das Nashorn taucht auf.

Melita streicht sich über die Augenbrauen.

- Hast du Angst?

Ret drückt sich an den Stamm der Silberweide.

- Was rätst du?

Die Amsel schwirrt auf den Rücken des Nashorns, singt weiter.

Melita winkt mit nach unten gedrehten Handflächen das

Nashorn zu sich heran.

- Sei so mutig wie die kleine Amsel.

Ret hängt die Daumen in den Gürtel.

- Weißt du, welchem Tier ich schon lange begegnen wollte?

Sie sagt augenzwinkernd.

- Einem Tiger?

Er verschränkt die Arme auf dem Rücken.

- Woher weißt du das?

Melita lächelt aufmunternd.

- Frage nicht! Flüstere den Wunsch ins Loch!

Ret wispert hinter vorgehaltener Hand.

- Ich würde gern einen Tiger treffen.

Melita lauscht.

- Ich höre ihn.

Ein Tiger tritt aus dem Uferwald.

Ret streicht sich die Safarihosen zurecht.

- Es gefällt mir, wie sein Fell an der Sonne schimmert.

Melita blickt zum Himmel empor.

- Fast wie der Regenbogen.

Ret beugt das Knie.

- Ist der Tiger dein Freund?

Sie steht aufrecht, sodass Oberkörper und Oberschenke
eine gerade Linie bilden.

- Ja, ich vertraue ihm. Wer ist dein Freund?

Ret hebt die Hände auf Schulterhöhe.

- Das Zebra.

Melita zeigt einen Anflug von Lächeln.

- Das wäre doch das nächste Tier, das du herbeiwünscher
solltest.

Er wendet sich zum Astloch.

- Ich würde gern mit einem Zebra zusammenkommen.

Es trabt den Fluss entlang. Die Streifen und sein helles Fell spiegeln sich im Wasser.

Melita tupft Huch mit dem Finger auf den Ellbogen.

- Kornelius und ich haben unsere Freunde getroffen. Wen rufst du?

Eine Frau schlendert gelassen.

- Hallo, ich bin Wilma Eisenberg.

Sie trägt einen Ballettdress.

- Mein Freund ist der Kakadu. Kannst du ihn rufen?

Ret nimmt die Schultern nach vorn.

- Willst du es nicht selber tun?

Er zeigt mit dem ausgestreckten Finger aufs Astloch.

- Flüstern genügt.

Wilma trommelt mit den Fingern auf den Stamm der Silberweide.

- Ich wünsche, dass ein Kakadu kommt.

Melita legt den Kopf in den Nacken.

- Kann er sprechen?

Ret faltet leicht die Stirn.

- Das werden wir gleich hören.

Ein Kakadu landet im Wipfel.

Wilma führt die Zunge zur Oberlippe.

- Wie heißt du?

Der Kakadu öffnet den Schnabel.

- Tim Kabiri.

Ein Mann tippelt auf dem Uferweg.

- Hallo, ich bin Udo Tagg.

Er trägt Tennisschuhe.

- Ich würde gern einen großen Wunsch ins Astloch flüstern.

Melita dreht sich um die eigene Achse.

- Nur zu! Alle wünschen gelegentlich etwas Großes.

Ret legt eine Hand auf die Hüfte.

- So gewinnst du vielleicht neue Freunde.

Tagg führt sein Gesicht direkt vor den Stamm der Silberweide.

- Ich möchte, dass ein fliegender Wal hier landet.

Wilma reißt lächelnd den Mund auf.

- Soll er nicht im Fluss wassern?

Tagg lässt seine Arme wie Schmetterlinge flattern.

- Nein, lieber hier am Ufer. Dann können wir bequem einsteigen.

Aus heiterem Himmel taucht ein Wal auf.

Melita nimmt einen tiefen Atemzug.

- Gehören der Himmel und der Wal zusammen?

Ret bewegt den Arm.

- Den einen gibt es wohl kaum ohne den anderen.

Der Wal zieht eine weite Schleife und landet neben der Silberweide. Er öffnet das große Maul.

- Steigt ein!

Das Nashorn mit der Amsel auf dem Rücken geht als erstes in den Wal.

Wilma macht ein fragendes Gesicht.

- Bist du schon einmal in einem Wal geflogen?

Tagg schiebt die Fersen zusammen.

- Das habe ich noch nie getan.

Der Tiger läuft in den riesigen Mund.

Melita schiebt das rechte Bein etwas nach vorne.

- Gehst du auch?

Ret winkelt den Fuß an.

- Ich überlege hin und her.

Der Kakadu fliegt dem Wal ins Maul. Das Zebra trabt hinterher.

Wilma spreizt die Finger ab.

- Nun sind alle Tiere eingestiegen.

Tagg betritt den Wal.

- Bleibst du am Boden?

Melita folgt ihm.

- Nein, ich freue mich aufs Fliegen.

Ret stellt sich ins Maul, lädt Huch mit freundlicher Handbewegung ein.

- Was machst du?

Huch sagt in gut gelauntem Ton.

- Ich schaue zu.

Der Wal schließt das Maul, hebt langsam ab. Zuerst steigt er nur langsam auf, dann beschleunigt er in einer weiten Schleife und verschwindet im sattblauen Himmel.

Eine Frau wandert im Kiesbett neben dem Fluss.

- Hallo, ich bin Indra Alonso.

Sie trägt ein Chiffonkleid.

- Bist du aufgeregt?

Ein Mann läuft zielstrebig auf sie zu.

- Hallo, ich bin Nils Vif.

Er trägt einen Wolfspelz.
- Ich sah einen Wal aufsteigen. Jetzt spüre ich meinen Herzschlag.
Sie fährt sich durchs Haar.
- Du hast Glück.
Vif streckt das rechte Bein nach hinten aus.
- Kommt der Wal wieder?
Indra schließt alle Finger einer Hand.
- Das weiß ich nicht.
Sie schaut ihm ins Gesicht.
- Du kannst ein Einhorn sein.
Er stützt den Kopf mit der Hand.
- Das wollte ich schon lang erreichen.
Indra stupst Huch an.
- Möchtest du auch etwas Neues sein?
Er winkelt den Arm ab.
- Ich wache jeden Morgen mit dem Gefühl auf, neu zu sein.

Wasser für die Eiche

Der See in der geschwungenen Bucht funkelt azurblau.
Huch schaut dem Spiel der Wellen zu.
Im Wasser spiegelt sich das goldene Licht.
Eine Frau betritt den Strand.

- Hallo, ich bin Winnie Quechua.

Sie trägt ein Druckkleid.
- Ich habe eine Biene gesehen.
Huch guckt aus großen Augen.
- Zeigst du mir, wo? Ich schaue ihr gern zu.
Winnie senkt die Lider.
- Sie fliegt zum Löwenzahn auf der Wiese.
Der Weg windet sich durch den Hang.
Eine Spinne webt ein Netz in den Ranken der wilden Heckenrose.
Winnie wirft einen Blick auf Huch.
- Würdest du ein Netz immer neu bearbeiten?
Er wiegt den Kopf.
- Nein, ich würde es zuerst betrachten und nachdenken, ob es etwas zu tun gibt.
Sie folgt der Biene zu einem Löwenzahn.
- Hast du eine Regel beim Zuschauen? Möchtest du etwas herausfinden?
Huch lockert die Finger.

- Ja, wie die Biene vorgeht.

Ein zerknitterter Zettel liegt im Gras.

Winnie macht eine einladende Handbewegung.

- Nimmst du ihn auf?

Ein Mann durchquert die Wiese.

- Hallo, ich bin Ilias Zorc.

Er trägt einen Zweireiher.

- Es tut mir gut, mich zu bücken und etwas aufzuheben.

Winnie fragt mit einem Lächeln im Gesicht.

- Bewegst du dich gern?

Zorc ergreift den Zettel, streicht ihn glatt.

- Vor allem, wenn ich etwas Interessantes sehe.

Sie lässt die Hände sinken.

- Was steht darauf?

Er liest.

- Auf dem Rücken einer schneeweißen Riesengans wird ein Außerirdischer landen.

Winnie krümmt den Rücken wie ein Fragezeichen.

- Steht auch, wo?

Zorc kneift die Augen zusammen.

- Ja, eine kleine Strecke von hier.

Sie zieht die Schultern ein.

- In welcher Richtung?

Eine Frau trifft ein.

- Hallo, ich bin Orlanda Fitschen.

Sie trägt ein Eistanzkleid.

- Wenn Außerirdische landen, suchen sie einen Platz ne-
ben einem großen Baum, den sie sich merken können.
Sie deutet auf eine mächtige Eiche.
- Das wäre dann dort.
Zorc setzt ein besonders freundliches Lächeln auf.
- Sehen wir nach?
Winnie berührt mit dem Zeigefinger die Nasenspitze.
- Ich habe nichts Anderes vor.
Der Weg führt steil zur Bergkuppe hinauf.
Ilias hebt die Ferse des hinteren Beins.
- Warum willst du einen Außerirdischen sehen?
Orlanda beugt den Unterarm.
- Ich bin neugierig.
Die schneeweiße Gans wirft einen riesen Flugschatten auf
den Hang, kreist um die Eiche und landet.
Ein Außerirdischer springt vom Rücken.

- Hallo, ich bin Hardy Dur.

Er trägt einen Anzug.
- Wie heißt dieser Baum?
Winnie kreist die Schultern nach vorn.
- Das ist eine Eiche.
Dur stellt sich auf die Zehenspitzen.
- Hat sie Durst?
Zorc stellt einen Fuß vor den anderen.
- Es mag sein.
Die Gans schlägt die Flügel, fliegt fort. Der Wind rauscht
im Wipfel.
Orlanda hebt den Blick.

- Hört sie dich, wenn du sie zurückrufst?

Dur strahlt Ruhe aus.

- Ich probiere es später aus. Jetzt kümmere ich mich um die Eiche.

Winnie späht in die Weite.

- Wo hat es Wasser?

Eine Frau folgt dem Weg.

- Hallo, ich bin Jeanne Eisfeld.

Sie trägt ein Federkleid.

- Ich kenne eine Quelle.

Zorc schiebt den Rücken langsam nach oben.

- Kannst du uns hinführen?

Jeanne hebt den Arm.

- Ja, es sind nur wenige Schritte.

Der Abstieg beginnt über mehrere Serpentinen durch den Wald.

Orlanda lehnt sich auf ihr linkes Bein.

- Gibt es eigentlich die Möglichkeit, dass der eine beschließt, Wasser zu holen, während sich der andere vornimmt, es zu gießen?

Dur setzt den Fuß auf einen Stein.

- Ja sicher! Die beiden müssen nur miteinander reden.

Die Quelle plätschert vor sich hin.

Jeanne versetzt Huch einen leichten Stoß.

- Würde das Wasser auch noch laufen, wenn es nicht mehr regnet?

Huch beugt den Kopf.

- Manchmal kommt es tief aus dem Berg. Aber, wenn es

ganz lang nicht mehr regnet, könnte sich auch ein himmelhoher Speicher entleeren.

Ein Mann geht die Abwärtskurven hinunter.

- Hallo, ich bin Reinhard Lin.

Er trägt ein Barett und bringt eine glockenblumenblaue Gießkanne.
- Soll ich sie mit Quellwasser füllen?
Winnie wirft das Haar in den Nacken.
- Ja, ich mag dich.
Zorc hält sich den Ellenbogen.
- Du bist fröhlich, gut aufgelegt.
Lin füllt die Kanne.
- Wenn ich freundliche Leute treffe, mache ich alles doppelt gern.
Er trägt das Wasser durch den Wald hinauf.
- Ist es für Blumen?
Orlanda wischt sich mit dem Ärmel übers Gesicht.
- Nein, für die Eiche.
Dur nimmt ihm die Kanne ab.
- Du kannst mir das Gießen ruhig überlassen.
Eine Frau hüpft in Trippelschritten um die Eiche herum.

- Hallo, ich bin Azucena Uller.

Sie trägt ein Glitzerkleid.
- Ich habe einen Pappmachébrunnen gesehen.
Jeanne schiebt die Arme leicht nach vorn.
- Läuft er?

Lin reißt den Mund auf.

- Hat er Wasser?

Azucena spreizt die Finger ihrer linken Hand weit auseinander.

- Er ist zum Anschauen und Anfassen. Wasser kann ich dort nicht holen.

Winnie beugt den Oberkörper vor.

- Zeigst du uns den Weg?

Zorc streicht sich über den Hinterkopf.

- Wir verlassen uns auf dich.

Azucena legt den Zeigefinger über das rechte Auge.

- Das mache ich gern.

Ein Weg führt die Wiese hinauf, wo ein Alpaka weidet.

Orlanda stützt den leicht geneigten Kopf nachdenklich in die Hand.

- Hat es keine Angst vor uns?

Dur verzieht das Gesicht zu einem Lächeln.

- Wahrscheinlich hat es uns schon lang kommen sehen.

Der backpulverweiße Pappmachébrunnen hat die Aufschrift „HUCH" in Großbuchstaben.

Jeanne lässt die Hände hängen.

- Was bedeutet „Huch"? Ich frage nur so aus Neugier.

Lin schaut in den Himmel.

- Wir könnten uns an die Sonne legen und austauschen.

Ein Mann kommt aufrecht und mit federnden Schritten.

- Hallo, ich bin Yigit Blix.

Er trägt Cargohosen.

- Ich lasse ein Bett kommen. Ist es recht?

100

Azucena sagt mit verschmitztem Lachen.

- Ich mag kaum darauf warten.

Blix schnipst mit dem Finger.

- Das ist euer Tag.

Ein ahorngrünes Riesenbett fliegt auf die Anhöhe.

Winnie legt sich bäuchlings darauf.

- Es gehört allen.

Zorc schlägt entzückt die Hand vor den Mund.

- Ich setze mich zu dir.

Orlanda faltet die Beine nach links.

- Worum geht es?

Dur gähnt ständig.

- Nur ums Erholen. Dafür habe ich einen Riecher.

Jeanne legt die Füße aufs Bett.

- Weiter habe ich nichts zu tun.

Lin versinkt.

- Ich habe noch nie eine so weiche Matratze erlebt!

Azucena fläzt sich quer.

- Das ist neu für mich.

Blix döst vor sich hin.

- Das Schöne daran ist, dass ich liegenbleiben kann, solang es mir passt.

Huch greift hinter das Ohr.

- Ich höre euch gern zu.

Der große Bär

Die Sträucher und Bäume wachsen zu einem laubgrünen
Vorhang zusammen.
Huch riecht den Wald mit seinen bunten Düften.
Efeu überzieht die dicken Stämme.
Eine Frau läuft barfuß durchs Moos.

- Hallo, ich bin Mandy Pergolesi.

Sie trägt ein Jeanskleid.
- Du siehst wie ein Seifenblasenkünstler aus.
Ein Mann marschiert mit entschlossenem Schritt.

- Hallo, ich bin Santino Cent.

Er trägt einen Filzhut und bringt einen Seifenblasenstab.
- Ich bräuchte nur eine Schale.
Eine Frau nähert sich mit federndem Gang.

- Hallo, ich bin Tanja Görner.

Sie trägt ein Karokleid und bringt eine Schale.
- In der Nähe hat es einen Bach.
Mandy streicht mit dem Handrücken über die Oberlippe.
- Ein Fluss oder ein Bach?
Tanja streicht behutsam über die Schale.

- Es ist ein schmaler Bergbach.

Cent lässt den Seifenblasenstab kreisen.

- Aber du könntest die Schale füllen?

Tanja reckt den Daumen in die Höhe.

- Ja, er springt von Felsen zu Felsen durch kleine Wannen.

Sie hüpft durch den hohen Farn und das weiche Moos.

- Einatmen, ausatmen, und wir sind da.

Ein Reiher erhebt sich in die Luft, landet auf einer alten Eiche.

Mandy bleibt stehen.

- Ist er dein Freund?

Cent räkelt sich.

- Und ein sehr guter dazu.

Ein verwunschener Bachlauf glitzert durch die Bäume.

Tanja taucht die Schale in eine Felsenwanne.

- Das Wasser ist klar. Gibt das Seifenblasen?

Cent stellt das Bein schräg nach vorn.

- Das will ich meinen. Es fehlt nur die Seife.

Ein Mann passiert gemessenen Schrittes.

- Hallo, ich bin Kasimir Vag.

Er trägt eine Galauniform und bringt Seife.

- Ist Naturseife recht?

Cent gibt sie dem Wasser bei.

- Das sehe ich gleich.

Er tunkt den Stab ins Seifenwasser, schwenkt ihn. Die Luft formt eine Riesenblase.

Mandy hebt die Hand in den Himmel.

- Sie schillert in allen Farben.

Cent legt den Stab ab.

- Lassen wir sie fortschweben oder laufen wir hinterher?

Tanja folgt der Seifenblase.

- Ich renne ihr nach.

Vag schließt sich an.

- Ich möchte sie nicht aus den Augen verlieren.

Mandy dreht sich nach Cent um.

- Machst du eine neue Seifenblase?

Er legt den Laufschritt ein.

- Nein, ich komme mit.

Huch hört ihre Stimmen und Schritte verklingen.

Ein Bär fliegt über die Wipfel.

- Hallo, ich bin Eberhard Blue.

Huch wippt mit dem Fuß.

- Du bist groß.

Blue dreht sich um sich selbst.

- Ja, ich bin der große Bär.

Er landet neben dem Bach.

- Hast du gesehen? Ich kann fliegen.

Huch geht einen Schritt zur Seite.

- Es sieht wie ein Schweben aus.

Blues Augen blitzen auf.

- Ist aber ein Fliegen.

Er richtet sich auf.

- Ich würde gern eine Schlange treffen.

Eine Frau schlendert durch den Wald.

- Hallo, ich bin Uschi Hammerschmidt.

Sie trägt Leggings.

- Ich habe eine Schlange gesehen.

Blue zeichnet einen unsichtbaren Regenbogen.

- Wo?

Uschi hebt den Finger.

- In den Felsen über der Schlucht.

Seine Pranken tappen in der Luft herum.

- Ist der Weg anstrengend?

Sie schaut erwartungsfroh.

- Du kannst doch fliegen.

Blue bewegt sich wie in Zeitlupe.

- Ich gehe lieber zu Fuß mit euch.

Uschi atmet tief durch.

- Das freut mich. Der Weg ist bequem.

Sanft steigt der Waldpfad an.

Ein Tapir trabt.

- Hallo, ich bin Odilo Quinn.

Uschi schließt die Augenlider halb.

- Kommst du mit uns?

Quinn gähnt.

- Ein andermal gern.

Er legt sich ins Moos.

- Ich ruhe mich aus.

Ein markanter Felsenturm sieht wie ein Schiff aus.

Uschi senkt ihren Kopf.

- Hier lebt die Schlange.

Der Bär fragt Huch.

- Siehst du sie?

Er hebt seine Hand.

- Noch nicht. Mir macht das Warten Spaß.

Die Schlange kriecht aus einem Spalt im Felsen.

- Hallo, ich bin Ratka Waser.

Uschi geht in die Hocke.

- Eberhard will dich treffen.

Blue schiebt die Hüfte etwas vor.

- Kann ich dich sprechen?

Die Schlange wirkt abwartend.

- Verstehst du dich auch aufs Zuhören?

Er lehnt lässig am Felsen an.

- Ich gebe auf jedes Wort acht.

Ein Mann schlendert vorbei.

- Hallo, ich bin Derek Loos.

Er trägt ein Hawaiihemd.

- Ich habe eine Leinwand gesehen.

Uschi dreht sich.

- Wo?

Er drückt sein Kreuz durch.

- Unter einem Felsvorsprung.

Blue schnappt nach Luft.

- Begeistert dich die Leinwand?

Sie macht einen Ausfallschritt.

- Ich kann kaum sagen, wie sehr.

Ratka ermuntert Uschi.

- Dann gehst du mit.

Loos gibt Huch ein Zeichen.

- Bist du dabei?

Er streckt die Zehen.

- Ich komme mit.

Auf einem steilen Weg geht es den Berg hinauf.

Ein Schaf tastet sich Schritt für Schritt voran.

- Hallo, ich bin Zoe Yas.

Uschi beugt das Knie.

- Willst du eine Leinwand sehen?

Zoe überkreuzt die Füße.

- Ich spanne gerade aus und gehe so für mich hin. Aber ich gebe gern einen Tipp.

Loos verhakelt die Finger beider Hände miteinander.

- Für die Leinwand?

Zoe atmet tief durch.

- Ja. Malt keinen Tupfen, keinen Strich, keinen Klecks. Lasst sie einfach weiß.

Uschi reckt den Kopf empor.

- So machen wir es.

Zoes Augen glänzen.

- Es ist nur ein Vorschlag.

Loos strahlt über das ganze Gesicht.

- Unterwegs lerne ich viel.

Gesteinsrinnen teilen den riesigen Felsvorsprung ab. Darunter steht die Leinwand.

Uschi spreizt den kleinen Finger ab.

- Ich muss nichts tun.

Loos breitet die Arme aus.

- Ich genieße die Aussicht.

Eine Frau wandert zwischen den Felsen.

- Hallo, ich bin Jil Fleckenstein.

Sie trägt ein Mantelkleid und bringt lapislazuliblauen Stoff.
- Er ist groß genug, um die Leinwand zu verdecken.
Uschi legt ihn darüber.
- Kaum zu glauben, es entsteht ein neues Bild.
Loos öffnet beide Handteller.
- Stellst du es aus?
Jil legt das Kinn auf 2 Finger.
- Ja, im Kulturforum.
Ihre Hand gleitet über Huchs Schulter.
- Begleitest du mich?
Er wiegt den Körper hin und her.
- Kann ich dort einfach so rumstehen?
Jil schiebt die Hüfte leicht nach vorn.
- Du bist ganz frei.

Ein Zwergflusspferd in der Zündholzschachtel

Im stillen Wald rauscht ein Wasserfall.
Huch zieht leicht die Luft ein.
Die Kaskade schillert regenbogenbunt.
Eine Frau kommt auf ihn zu und spricht ihn an.

- Hallo, ich bin Isabelle Niemeyer.

Sie trägt ein Pepitakleid.
- Was kann ich für dich tun?
Ein Mann taucht hinter den Blättern auf.

- Hallo, ich bin Alf Klopp.

Er trägt ein Jackett.
- Ich hätte gern eine Schere.
Isabelle neigt das Gesicht in seine Richtung.
- Eine kleine oder große?
Klopp dreht die Hand.
- Die Größe ist nicht so wichtig.
Eine Frau balanciert auf Steinen über den Fluss.

- Hallo, ich bin Scilla Waterman.

Sie trägt ein Plisseekleid und bringt eine Schere.
- Die Frage ist nun, was dir wichtig ist.

Klopp senkt die Lider.

- Dass die Klinge tatsächlich schneidet.

Isabelle runzelt die Stirn.

- Möchtest du sie ausprobieren?

Er wischt sich mit dem Arm über den Mund.

- Ja.

Scilla legt den Finger an die Wange.

- Schneidest du lieber Stoff oder Papier?

Klopp schnippt mit der Schere.

- Papier.

Ein Mann duckt sich unter dem Wildwuchs durch.

                                        - Hallo, ich bin Finn Val.

Er trägt ein Kaminfegerkostüm und bringt ein Blatt Papier.

- Gefällt es dir?

Klopp prüft es.

- Ja. Was soll ich ausschneiden?

Isabelle trippelt auf den Zehenspitzen herum.

- Schneide 2-mal ein „H" aus, dann ein „U" und ein „C".

Er beginnt mit dem Buchstaben „H".

- Da kann ich ja anfangen.

Scilla wirft ihre Haarmähne in den Nacken.

- Dann legst du die Buchstaben aus.

Val zieht die Schultern fast bis an die Ohren hoch.

- Vielleicht ergibt sich ein Wort.

Isabelle spielt mit den ausgeschnittenen Buchstaben.

- Ich verschiebe sie.

Klopp schaut zu.

- Wie kann ich ein Wort herausbekommen?

Scilla zieht die Winkel des Munds nach oben.

- Du findest es ganz zufällig.

Val stellt ein Bein aus.

- Ich sehe das Wort. Es ist „Huch".

Der Wind kräuselt das Wasser, trägt die Buchstaben davon.

Isabelle spitzt die Lippen.

- Zuerst waren sie eingeteilt.

Klopp hält den Atem an.

- Nun schon wieder zerstreut.

Eine Frau eilt im tänzelnden Laufschritt.

- Hallo, ich bin Zaida Eagle.

Sie trägt ein Rokokogewand und bringt eine Zündholzschachtel.

- Ich habe ein Zwergflusspferd.

Scilla spannt die Lippen an.

- Wo?

Zaida öffnet die Zündholzschachtel.

- Steig aus!

Das Zwergflusspferd trottet auf ihre Hand.

- Hallo, ich bin Odo Tang.

Val lächelt aufmunternd.

- Kennst du mich?

Tang richtet den Blick auf ihn.

- Nein. Worauf legst du wert?

Val senkt den Kopf.

- Auf die Zukunft.

Tang neigt sich keck seitwärts.

- Woher weißt du, dass es eine Zukunft gibt?

Val hält sich die linke Hand an die Stirn.

- Ich schaue auf die wachsenden Bäume.

Tang schaut vergnügt zur Seite.

- Ich wachse auch.

Es springt in den Fluss.

- Aber nur ein klein wenig.

Ein Mann bewegt sich in großen Sprüngen fort.

- Hallo, ich bin Yodit Gries.

Er trägt ein T-Shirt, worauf ein „Y" gestickt ist.

- Gleich wird mein Bruder eintreffen.

Isabelle legt die gestreckten Zeigefinger aufeinander.

- Es freut uns, ihn kennenzulernen.

Klopp blinzelt in die Sonne.

- Gleicht er dir?

Gries lässt die Schultern hängen.

- Er sieht mir zum Verwechseln ähnlich.

Ein Mann geht federnden Schrittes.

- Hallo, ich bin Clive Gries.

Er trägt ein T-Shirt, worauf ein „C" gestickt ist.

- Mein Bruder hat ein „Y", ich ein „C". Nur dadurch unterscheiden wir uns.

Scilla wischt sich mit der Hand über die Wange.

- Möchtest du mehr Merkmale?

Clive Gries kontrolliert den Sitz seines T-Shirts.

- Ich weiß gar nicht, was ich sagen soll.

Yodit Gries streichelt sich das Kinn.

- Weil wir kaum auseinanderzuhalten sind, unterscheiden wir uns von den meisten Menschen.

Val legt beide Hände hinter den Kopf mit den Ellbogen nach außen.

- Und was macht ihr gern? Beide das gleiche, oder jeder für sich etwas Besonderes?

Clive Gries stellt ein Bein hinter das andere.

- Ich lasse gern den Hula-Hoop-Reifen kreisen.

Yodit Gries hüpft auf einem Bein.

- Ich springe gern Springseil.

Eine Frau tänzelt um Clive Gries herum.

- Hallo, ich bin Mara Beaumont.

Sie trägt ein Satinkleid und bringt einen Hula-Hoop-Reifen.

- Du darfst nicht aufhören zu üben.

Clive Gries stellt sich in den Reifen.

- Den Spaß lasse ich mir nicht entgehen.

Ein Mann klettert barfuß durch die Bäume.

- Hallo, ich bin Ugo Quad.

Er trägt einen Leinenanzug und bringt ein Springseil.

- Ein bisschen Springen entspannt.

Yodit Gries nimmt das Seil.

- Ich verspreche mir viel davon.

Eine Frau läuft durch den Wald.

- Hallo, ich bin Jina Degenburg.

Sie trägt ein Tüllkleid und bringt ein Seidenpapier.
- Ich überlege die ganze Zeit, was ich damit anfangen könnte.
Zaida ermuntert Huch.
- Greif zu!
Er reibt mit Daumen und Zeigefinger über die raschelnde Oberfläche.
- Gib mir einen Tipp!
Yodit Gries übt Seilspringen.
- Du könntest es falten.
Huch biegt es um.
- Es braucht etwas Glück, dass ich fast die Mitte treffe.
Ein Mann nähert sich von Weitem im Laufschritt.

- Hallo, ich bin Hogan Pan.

Er trägt Malerhosen.
- Ich stelle das gefaltete Papier aus.
Clive Gries schwingt den Hula-Hoop-Reifen an.
- Wo?
Pans Blick schweift in die Ferne ab.
- Im Kulturmuseum.
Mara umfasst den Ellbogen des Gegenarms.
- Liegt es in der Nähe des Waldes?
Er richtet die Augen auf sie.
- Es erfordert nur wenige Schritte, und wir sind am Ziel.

Der Weg steigt sanft an.

Quad trippelt auf den Zehenspitzen herum.

- Bist du ein bisschen aufgeregt?

Pan legt die Hände vor dem Herzen zusammen.

- Nein, ich bin ein ruhiger Mensch.

Jina klatscht begeistert.

- Weil du genau weißt, was du willst?

Er spreizt Zeigefinger und Daumen ab.

- Nein, weil ich eine Pause mache, wenn ich unruhig bin.

In einem Park blüht der Thymianbusch. Strandmatten liegen in der Wiese.

Isabelle fährt sich mit der Hand durchs Haar.

- Welche Matte könnte zu mir passen?

Klopp dreht den Kopf.

- Wie wäre es mit der himmelblauen?

Das Kulturmuseum befindet sich in einem bunten Holzhaus.

Die Tür fliegt auf.

Eine Frau bewegt die Hand auf und ab.

                    - Hallo, ich bin Rahel Labbadia.

Sie trägt ein Veilchenkostüm.

- Was könnte ich ausstellen?

Huch zeigt das Seidenpapier.

- Ich habe es gefaltet.

Der Nasenbär legt sich aufs Ohr

Der vom Wald bedeckte Berg steigt steil an.
Huch guckt ins weite, dschungelgrüne Tal.
Über eine schroffe Bergflanke bewegt sich eine Gamsherde.
Eine Frau schreitet auf dem Zickzackweg.

- Hallo ich bin Octavia Padberg.

Sie trägt einen Bademantel.
- Möchtest du dich in einen Schmetterling verwandeln?
Ein Mann tappt in kurzen Schritten.

- Hallo, ich bin August Schramm.

Er trägt eine Narrenkappe.
- Ich kann es kaum erwarten.
Octavia fährt kurz und unauffällig mit der Zunge über die Lippen.
- Lockere deine Schulter.
Durch Schramms Haut bahnen sich seidige Flügel einen Weg.
- Wie kann ich fliegen?
Sie fährt sich mit den Fingern durchs Haar.
- Mach es einfach so, wie es sich für dich am besten anfühlt.

Er schlägt die Flügel, flattert davon.

- Das ist schon ein Glück.

Eine Frau kundschaftet den Berg aus.

- Hallo, ich bin Galina Lovett.

Sie trägt ein Cocktailkleid.

- Ich habe eine Schreibmaschine gesehen.

Octavia hält sich die Hand vor den Mund.

- Wo?

Galina streckt den Arm zur Seite.

- Auf einem Felsrücken.

Octavia reibt den Daumen an Zeige- und Mittelfinger.

- Ist es schwer, dorthin zu kommen?

Galina schlägt ihre Augenlider nieder.

- Nein, es ist leicht.

Der Weg führt über Felsen.

Ein Nasenbär bewegt sich wie in Zeitlupe.

- Hallo, ich bin Ibo Kluck.

Octavia streckt den linken Fuß lässig nach außen.

- Schreibst du Tagebuch?

Er hebt den Kopf leicht an.

- Wie käme ich dazu?

Galina bewegt beim Sprechen kaum die Lippen.

- Was hast du vor?

Seine Stimme klingt verträumt.

- Ich lege mich aufs Ohr.

Octavia blickt ihm versonnen nach.

- Was sagst du dazu?

Galina schiebt den kleinen Finger zwischen die Lippen.

- Jeder Bär ist anders. Frage zuerst etwas Persönliches.

Auf dem Felsrücken sitzt ein Hund.

- Hallo, ich bin John Corc.

Er weist auf die Schreibmaschine vor sich.

- Das ist eine Keystone.

Octavia klappert mit den Lidern.

- Möchtest du etwas schreiben?

Cork kreuzt die Beine.

- Nein, ich sitze einfach gern neben der Schreibmaschine.

Galina beugt den Nacken.

- Du passt auf sie auf?

Er spricht mit leuchtenden Augen.

- Wieso? Sie passt auf mich auf.

Ein Mann dackelt in tänzerischen Zickzack-Bewegungen über den Felsrücken.

- Hallo, ich bin Ulf Metz.

Er trägt eine Paradeuniform und bringt ein Blatt Papier.

- Darf ich es einlegen?

Cork rückt beiseite.

- Nur zu.

Metz schiebt es auf den Papierhalter.

- Ich brauche viel Zeit.

Octavia reckt das Kinn vor.

- Ist gut! Entdecke dein eigenes Tempo.

Galina sieht ihn fragend an.

- Bist du gern langsam?

Metz dreht die Walze.

- Ja, es kann mir gar nicht langsam genug gehen.

Cork streckt die Nase nach vorn.

- Tippst du?

Metz stellt den Schreibwagen ein.

- Nein, das überlasse ich dir.

Cork guckt Huch an.

- Schreib du etwas!

Huch setzt sich vor die Schreibmaschine.

- Wie bist du auf mich aufmerksam geworden?

Cork zieht den Mund breit.

- Du hast die Schreibmaschine angeschaut.

Huch senkt den Blick.

- Alle haben sie betrachtet.

Cork überlegt, wie er es ausdrücken soll.

- Das stimmt! Jedoch niemand so intensiv wie du.

Er holt tief Luft.

- Darum solltest du tippen.

Eine Frau schlägt den Weg zum Felsrücken ein.

- Hallo, ich bin Frederica Quicker.

Sie trägt ein Duchessekleid.

- Wenn ich nachdenke, höre ich eine Stimme im Kopf.

Octavia lächelt mit hochgezogenen Wangen.

- Uns genügt ein kleines Wort.

Galina hebt die Pupillen zu den Augenlidern.

- Es darf auch einsilbig sein.

Cork senkt die Stimme.

- Hauptsache, er kann es schreiben.

Metz spitzt seinen Zeigefinger und zeigt auf die Schreibmaschine.

- Es sollte daher aus Buchstaben bestehen, die auf den
Tasten zu sehen sind.

Frederica schmunzelt pfiffig.

- Ist gut! Tippe „Huch"!

Octavia schiebt die Oberlippe über der Unterlippe hin
und her.

- Bist du zufrieden mit 4 Buchstaben?

Huch legt die Hände auf den Kopf und schließt die Augen.

- Mehr wäre anstrengend.

Er tippt H, U, C, H.

- Jeder Buchstabe kann wichtig sein.

Ein Mann geht forschen Schrittes.

- Hallo, ich bin Norman Dürr.

Er trägt ein Rattenkostüm.

- Wer nimmt das Blatt aus der Maschine?

Galina zieht es heraus

- Das mache ich.

Dürr wippt auf den Zehen.

- Ich stelle es aus.

Cork ruckt den Kopf nach links.

- Wo?

Dürr reibt sich das Kinn.

- Im Kulturraum.

Metz senkt den Kopf.

- Brauche ich Wanderschuhe?

Dürr lächelt und hebt die Hand.

- Keine Sorge, er liegt in der Nähe.

Frederica fragt Cork mit aufmunterndem Blick.

- Kommst du mit?

Er legt sich auf den warmen Felsrücken.

- Ich muss erst noch überlegen.

Dürr lässt die Arme locker baumeln.

- Wir gehen vor und warten im Kulturraum auf dich.

Mächtige Buchen begleiten den Weg.

Ein Bär lugt hinter einem Stamm hervor.

- Hallo, ich bin Hubert Eich.

Octavia dreht den Kopf zur Seite.

- Wir haben eine Überraschung für dich.

Eich steht gespannt neben dem Baum.

- Was ist es?

Galina zeigt ihm das Blatt.

- Buchstaben.

Metz streckt den Arm aus.

- Sie sind von einer Keystone Schreibmaschine.

Eich beugt sich vor.

- Kann sie auch „Eich" schreiben?

Frederica spreizt die Finger.

- Würde es dir Spaß machen?

Er entfernt sich.

- Ich überdenke es.

Dürr guckt dem Bären nach.

124

- Zu welchem Schluss kommt er? Freut er sich?

Octavia holt tief Luft.

- Das würde ich sagen.

Ein Himbeerstrauch wächst in einem Park. Zwischen die Bäume sind Hängematten gespannt.

Galina hebt das Handgelenk.

- Was würdest du am liebsten tun?

Metz tanzt um die Stämme.

- Probeliegen.

Bäume drängen sich in den Kulturraum. Büsche versperren den Eingang.

Eine Frau steigt aus dem Fenster.

- Hallo, ich bin Wanda Zimmerli.

Sie trägt ein Elfenkostüm mit Gazerock.

- Ich habe leider nichts zum Ausstellen.

Huch weist auf das Blatt, das Galina trägt.

- Ich kann das ändern.

Der schwalbengroße Schmetterling

Die Felswand ragt schroff am Bergfuß empor.
Huch steht auf einem Haufen verwitterter Steine.
Aus einer Spalte sickert ein Bächlein.
Eine Frau stößt hinzu.

           - Hallo, ich bin Valeria Reuter.

Sie trägt Flamencoschuhe.
- Hast du Holzbuchstaben dabei?
Ein Mann klettert über das Geröll.

           - Hallo, ich bin York Tapp.

Er trägt einen Safarihut und bringt einen Korb.
- Ich habe 2-mal den Buchstaben „H", ein „C" und ein „U".
Valeria blickt freundlich.
- Kannst du sie reihen?
Tapp stellt den Korb auf eine Felsplatte.
- Aber sicher!
Er greift hinein.
- Welchen nehme ich zuerst?
Valeria schiebt die Augenbrauen in die Stirn.
- Beginne mit „H" und bilde „Huch".
Tapp setzt das Wort zusammen.
- Die Buchstaben werfen einen Schatten.

Ein schwalbengroßer Schmetterling flattert.

- Hallo, ich bin Baldovino Queck.

Valeria sieht ihm verträumt beim Landen zu.
- Genießt du die Luft?
Queck lässt sich auf dem „H" nieder.
- Ich genieße die Freiheit.
Tapp steht staunend.
- Dann bist du nur kurz da und gleich wieder weg?
Queck schlägt die Flügel.
- Ich fliege einfach durch mein ganzes Leben, ohne jemals irgendwen nach der Richtung zu fragen.
Er hebt ab, fliegt weg.
- Flügelschlag für Flügelschlag komme ich weit.
Valeria guckt ihm nach.
- Ich möchte auch wie ein Schmetterling leben.
Tapp stützt nachdenklich seinen Kopf auf die Faust.
- Mir ist wichtig, dass ich so sein darf, wie ich bin.
Eine Frau wird immer langsamer.

- Hallo, ich bin Mariella Flockenhof.

Sie trägt einen Glockenrock.
- Ich habe ein Puzzle gesehen.
Valeria sticht mit dem Finger in die Luft.
- Wo?
Mariella hebt lässig die Hand.
- Wir machen ein paar Schritte und sind dort.
Der Weg steigt behutsam an.

Tapp runzelt die Stirn.

- Wie gehe ich am besten bergauf?

Valeria zeigt es ihm vor.

- Es kommt darauf an, ruhig das Gewicht von einem Fuß auf den anderen zu verlagern.

Auf einem Felsen liegt ein Puzzleteil.

Mariella wendet den Kopf.

- Da ist es.

Tapps Blick wandert langsam suchend herum.

- Wo sind die anderen Teile?

Sie schmiegt den Arm an den Körper.

- Es besteht nur aus einem Teil.

Valeria schlägt die Hand vor den Mund.

- Dann kann ich es gar nicht auseinandernehmen und neu zusammensetzen.

Tapp greift hinter sein Ohr.

- Was ist leichter? Du nimmst das Teil und das Puzzle ist gemacht.

Mariella lacht hell.

- Was spricht dafür? Was spricht dagegen?

Valeria legt es hin.

- Alles spricht dafür.

Ein Mann strebt der Felswand zu.

- Hallo, ich bin Cody Löw.

Er trägt ein Tennisshirt.

- Die Farbe des Wassers verzaubert.

Tapp schaut erstaunt auf.

- Wo?

Löw legt die Innenhände mit gespreizten Fingern aufeinander.

- Am See.

Mariellas Arme wedeln durch die Luft.

- Das möchte ich auch erleben.

Tapp dreht sich auf dem Absatz um.

- Dann gehen wir hin.

Der Weg schlängelt sich zum See hinunter.

Eine Frau guckt aus einem überdachten Aussichtspavillon.

- Hallo, ich bin Sibylle Osada.

Sie trägt ein Hüfttuch.

- Möchtest du Barfußschuhe?

Valeria schärft den Blick.

- Was muss ich mir darunter vorstellen?

Sibylle stützt die Hände in die Hüfte.

- Komm in den Pavillon! Sieh sie dir an!

Valeria tritt ein.

- Was macht sie besonders?

Sibylle zeigt ihr die Schuhe.

- Sie schimmern in allen Farben.

Valeria zieht die Flamencoschuhe aus.

- Sind sie bequem?

Sibylle legt ihr die Barfußschuhe vor die Füße.

- Du gehst darin locker wie barfuß.

Valeria schlüpft hinein.

- Also, ich sage mal sofort: Das sind die besten, die ich je getragen habe.

Tapp blickt ihr freundlich ins Gesicht.

- Bist du zufrieden?

Sie unterdrückt einen Seufzer.

- Mehr als das! Ich finde keine Worte.

Mariella streckt den Arm aus und zielt mit dem Zeigefinger direkt auf die Schuhe.

- Fühlen sie sich gut an?

Valeria dehnt und reckt sich.

- Ich gehe wie auf einer Wolke.

Löw wippt in den Knien.

- Dann kommst du in den neuen Schuhen mit?

Sie drückt den Rücken ins Hohlkreuz.

- Das und nichts anderes habe ich vor.

Sibylle stützt das Kinn in die Hand.

- Ich bin gern mit euch zusammen. Seid ihr auf dem Weg zum Strand?

Valeria hebt die Brauen.

- Ja.

Sibylle fährt sich durch die Haare.

- Habt ihr etwas dagegen, wenn ich euch begleite?

Tapp verzieht die Lippen zu einem Lächeln.

- Sicher nicht!

Der See strahlt türkisblau.

Mariella greift mit den Händen in die Luft.

- Ich habe das Gefühl, ein Bumerang zu sein.

Sie fliegt über den See hinaus, kommt zurück, landet in ihren Schuhen.

- Die Farbe wirkt.

Ein Mann bewegt sich in Trippelschritten.

- Hallo, ich bin Kurt Noll.

131

Er trägt ein Unterhemd.

- Mein Tagebuch ist eingeschlafen.

Löw schnippt mit dem Finger.

- Wo?

Noll plinkert mit den Augen.

- Im Wald.

Sibylle reckt den Arm in die Luft.

- Ich würde es gern sehen.

Valeria verschränkt die Hände hinter dem Rücken.

- Ist es weit?

Noll lacht mit offenem Mund.

- Nein, der Weg ist kurz. Es geht in Windeseile.

Der Pfad schlängelt in Bögen zwischen Berg und See, führt in einen Wald aus alten Eichen, duftenden Föhren.

Tapp lehnt den Oberkörper leicht nach vorne.

- Was gefällt dir an diesem Ort?

Mariella wirft den Kopf auf.

- Ich liebe die Stille.

Ein Buch liegt auf einer Wurzel.

Löw fragt mit ausgesuchter Freundlichkeit.

- Ist das dein Tagebuch?

Noll wischt sich mit der Handkante die Lippe ab.

- Ja. Wie kann ich es wecken?

Eine Frau durchstreift den Wald.

- Hallo, ich bin Hope Pires.

Sie trägt einen Mantel.

- Klopfe an, als wäre der Buchdeckel eine Tür.

Noll lässt den Ellbogen leicht nach außen gehen.

- Es ist selten erstrebenswert, der erste zu sein.

Hope blickt ernst und fragend.

- Wer versucht es?

Sibylle legt ihre Hand auf Huchs Arm.

- Erschrickst du, wenn ich dich vorschlage.

Er beugt sich über das Buch, klopft an.

- Nein, ich wecke gern Bücher.

Das Buch schlägt die Augen auf.

        - Hallo, ich bin Johann Sebastian Huch.

Die Froschprinzessin taucht

Das Rauschen der Wellen verschluckt am See die Vogel-
stimmen.
Huch vergräbt die Füße im vanilleweißen Sand.
Am Ufer steht ein alter Baum.
Eine Frau drückt dem Sand Fußabdrücke ein.

- Hallo, ich bin Joana Guppy.

Sie trägt ein Jerseykleid.
- Ich suche ein Schreibheft.
Huch fordert mit einer einladenden Handbewegung auf.
- Wir könnten uns am Strand umblicken.
Joana holt Luft.
- Ich verspreche mir viel davon.
Er rollt die Finger ein.
- Da liegt ein riesiges Seeschneckenhaus.
Sie bückt sich.
- Ich könnte es umdrehen.
Aus der Windung ragt ein Schreibheft.
Joana richtet sich auf.
- Ziehst du es heraus?
Ein Mann fegt und tänzelt über den Strand.

- Hallo, ich bin Ulan Düs.

Er trägt einen Wollschal.

- Ich ziehe leidenschaftlich gern Schreibhefte aus den Muscheln.

Joana strafft den Körper.

- Gibt es da einen Trick?

Düs kauert.

- Ich fasse es mit 2 Fingern.

Er nimmt das Schreibheft heraus.

- Das geht spielerisch leicht.

Eine Frau geht gemessenen Schrittes.

- Hallo, ich bin Wladislawa Androsch.

Sie trägt ein Kaschmirkleid und bringt einen Schreibstift.

- Wie geht es weiter?

Joana sieht Düs ins Gesicht.

- Öffne das Schreibheft.

Er schlägt die erste Seite auf.

- Schon geschehen.

Wladislawa dreht sich wie eine Tanzmaus.

- Was schreibst du?

Er reicht das Heft Huch weiter.

- Ich möchte lernen, weniger zu tun und mehr zuzuschauen.

Sie gibt ihm den Stift.

- Hast du eine Idee?

Huch betrachtet die Mine.

- Ich könnte einen Punkt setzen.

Joana bestimmt.

- Nein, schreibe „Huch".

Er malt die 4 Buchstaben.

- Das kann ich schaffen.

Ein Mann flitzt herbei.

- Hallo, ich bin Eckbert Quorr.

Er trägt einen Zweiteiler.

- Ich stelle das Schreibheft aus.

Düs legt das Gewicht auf den rechten Fuß.

- Wo?

Quorr bewegt sich aus der Hüfte heraus.

- Im Kulturtreff.

Wladislawa nimmt Huch den Stift ab.

- Weißt du, wo der Kulturtreff ist?

Er biegt und streckt sich.

- Das muss ich noch herausfinden.

Quorr lässt sich das Heft geben.

- Nicht nötig, ich kenne den Weg.

Der Pfad schlängelt sich endlos.

Joanas Haare strahlen.

- Was kommt dir gerade in den Sinn?

Düs beugt die Beine.

- Ich würde mich gern ausruhen.

Violette Fingerhüte blühen in einem Garten. In der Wiese liegen Matratzen.

Wladislawa beobachtet Quorr neugierig.

- Könnte es sein, dass du dich am liebsten hinlegen möchtest?

Er blickt träumend auf eine Matratze.

- Du hast mich durchschaut.

Efeu überwuchert das Haus, worin sich der Kulturtreff befindet.

Die Tür tut sich langsam auf.

Eine Frau lehnt sich an den Türrahmen.

- Hallo, ich bin Zora Inselgrün.

Sie trägt ein Leopardenkleid.

- Habt ihr etwas zum Ausstellen?

Quorr sagt mit lauter, leicht singender Stimme.

- Ja, dieses Schreibheft.

Zora streckt die Hand aus.

- Ist es leer?

Joana hält den Kopf hoch.

- Nein, schlag die erste Seite auf.

Zora liest.

- Huch.

Sie legt das Heft offen auf die Matratze neben der Efeuwand.

- Ich stelle es aus.

Düs sieht sich um.

- Ich lege mich auf die honiggelbe Matratze.

Wladislawa macht es sich auf der apfelgrünen bequem.

- Sie ist wie für mich geschaffen.

Quorr streckt auf der korallenorangen Matratze die Beine.

- Ich schaue, dass ich genug Schlaf bekomme.

Zora wälzt sich auf der hibiskusroten vom Rücken auf den Bauch.

- Das ist ein schneller Trick mich zu beruhigen.

Joana rutscht auf der blauvioletten Matratze hin und her,

fragt Huch.

- Wie entspannst du dich am liebsten?

Ein Mann gelangt auf verschlungenem Weg in den Park.

- Hallo, ich bin Taro Van.

Er trägt eine Arbeitshose.

- Ich erzähle dir kurz von mir.

Joana hält den Rücken aufrecht.

- Nur zu!

Van lässt die Hand über den Bauch gleiten.

- Ich habe eine Lieblingsfarbe.

Ein Lächeln legt sich auf ihr Gesicht.

- Welche?

Er flattert mit den Armen.

- Es ist Blauviolett.

Joana fragt mit einem Zwinkern in den Augenwinkeln.

- Soll ich die Matratze freigeben?

Van winkt höflich ab.

- Lieber würde ich mich zu dir setzen.

Sie macht eine große einladende Handbewegung.

- Dann komm!

Eine Frau stromert abseits gekiester Wege im Park herum, trifft Huch.

- Hallo, ich bin Fabiola Cosa.

Sie trägt ein Maxikleid.

- Ich habe eine Froschprinzessin gesehen.

Er beugt den Arm.

- Wo?

Fabiola spitzt die Lippen.

- Im Wald. Wäre es dir recht, wenn wir sofort aufbrechen?

Huch rollt die Zehen ein und aus.

- Ja.

Sie biegt auf einen schmalen Waldpfad ein.

- Findest du es schön unter den Bäumen?

Er riecht Lindenblüten.

- Ja, ich gehe gern an einen ruhigen Ort.

Seerosen bedecken einen Teich.

Die Froschprinzessin sitzt auf einem Blatt.

                     - Hallo, ich bin Odette Bobadilla.

Fabiola fährt sich durchs Haar.

- Wenn dir ein Geist gerade jetzt einen Wunsch gewährt, was würdest du dir wünschen?

Odette guckt verträumt.

- Zeichne ein Häuschen.

Ein Mann klettert über Äste und Holzreste.

                     - Hallo, ich bin Yves Spohr.

Er trägt eine Baseballkappe und bringt einen Pastellstift.

- Ich möchte ihn verschenken.

Fabiola sagt nach einem langen, sehr festen Blick in Huchs Augen.

- Greif zu! Du brauchst ihn.

Er nimmt den Stift.

- Ich bekomme gern einen Tipp.

Eine Frau geht durch den Wald.

- Hallo, ich bin Mona Lundmark.

Sie trägt ein Nickistoffkleid und bringt ein Papierstück.
- Ich hoffe, das hilft weiter.
Odette lehnt sich nach vorn.
- Leg es auf die Felsplatte!
Mona wählt eine glatte Stelle.
- Ich habe es getan.
Huch zeichnet langsam ein Häuschen.
- Ich überstürze nichts.
Fabiola streift Huch mit dem Finger am Handrücken.
- Was machst du mit dem Stift, wenn du fertig bist?
Spohr nimmt ihn zurück.
- Du kannst ihn mir geben.
Odette setzt ein breites Lächeln auf.
- Das Häuschen gefällt mir.
Mona blickt sie fragend an.
- Willst du das Papier?
Odette springt ins Wasser.
- Nein, ich tauche unter.

Die Riesenseifenblase

Die Äste und Blätter durchflutet das Licht.
Huch streift durch einen dichten Laubwald.
Waldreben, Buchen und Riesenfarn wachsen.
Eine Frau kommt wiegenden Schrittes.

- Hallo, ich bin Nada Kronshagen.

Sie trägt ein Orchideenkleid.
- Ich habe eine Leinwand gesehen.
Huch öffnet den Mund zum Sprechen.
- Wo?
Nada tanzt mit ausgebreiteten Armen.
- Sie liegt neben einem alten Baum.
Steil steigt der Weg an.
Ein Mann steht neben einem leeren Garderobenständer.

- Hallo, ich bin Pit Ritz.

Er trägt Cargoshorts.
- Hast du etwas zum Anziehen?
Eine Frau läuft barfuß übers Moos.

- Hallo, ich bin Hanna Fringer.

Sie trägt ein Partykleid und bringt ein T-Shirt.

- Gefällt dir dieses Grün?

Ritz legt das Shirt an.

- Ist das eine Naturfarbe?

Hanna verschränkt die Hände ineinander.

- Ja, sie ist aus Matetee hergestellt.

Ein Mann marschiert mit großen Schritten.

                    - Hallo, ich bin Quintiliano Gaal.

Er trägt eine DJ-Kappe und bringt eine Schale.

- Es hört sich an, als ob du meine Farbe liebst.

Sie reckt den Arm so weit in die Höhe, wie sie kann.

- Das stimmt. Am liebsten würde ich alles mateteegrün fär-
ben.

Der alte Baum ist knorrig und windzerzaust. Auf seinen
Wurzeln liegt die Leinwand.

Nada umschreitet sie mit langen Beinen.

- Ich beginne darüber nachzudenken, was ich gern sehen
würde.

Ritz fasst sich an den Hals.

- Ein Flecken.

Hanna deutet ein Nicken an.

- Ein mateteegrüner Flecken.

Gaal schaut sich erwartungsvoll um.

- Wer spritzt ihn?

Nada streift Huch mit ihrem Arm.

- Fasziniert dich die Leinwand?

Er hebt den Hals hoch.

- Ja.

Ritz beugt sich langsam vor.

144

- Dann solltest du den Flecken machen.

Huch winkelt das rechte Bein an.

- Wie?

Hanna lächelt verlockend.

- Schließe die Finger!

Gaal bietet ihm die Schale an.

- Schöpfe Farbe!

Huch formt mit den Händen einen Becher, taucht sie ins Mateteegrün.

- Und jetzt?

Nada richtet die Augen auf ihn.

- Lass die Farbe auf die Leinwand platzen.

Huch öffnet die Hände mit einem Ruck.

- Ich experimentiere gern.

Die Farbe klatscht auf den Stoff, verspritzt.

Ritz hält die Luft für eine Sekunde an.

- Das hat dich ganz schön gefreut, stimmt's?

Hanna bekommt glasige Augen.

- Der Klecks gefällt mir.

Eine Frau rennt.

- Hallo, ich bin Tara Dongfang.

Sie trägt ein Rüschenkleid.

- Ich stelle das Bild aus.

Gaal wiegt den Kopf.

- Wo?

Tara schließt genießerisch die Augen.

- Im Institut für zeitgenössische Kunst.

Nada lehnt gegen den Baum.

- Ist es weit weg?

Tara stellt die Leinwand auf.

- Überhaupt nicht! Ich würde den Weg als kurz beschreiben.

Der Pfad macht einen leichten Schwung.

Ritz hört ein lautes Rätschen.

- Weißt du, was ein Eichelhäher ist?

Hanna zuckt nur kurz mit den Augenlidern.

- Ich kenne den Vogel an seiner Stimme.

In einem Park säumen Bäume die Wiese, wo Hollywoodschaukeln aufgestellt sind.

Gaal zieht die Brauen nach oben.

- Gefallen sie dir?

Tara trägt die Leinwand.

- Ich würde mich am liebsten hinlegen.

Das Institut befindet sich in einem verfallenden Haus.

Ein Mann schlüpft durch eine Tür.

                              - Hallo, ich bin Achim Jabs.

Er trägt einen Jeansanzug.

- Ich würde gern eine Ausstellung eröffnen.

Tara stellt die Leinwand vor ihn hin.

- Was brauchst du?

Jabs macht große Augen.

- Einzig und allein dieses Bild.

Nada beugt leicht die Knie.

- Wo stellst du es aus?

Er lehnt es gegen die Hauswand.

- Haargenau hier.

Ritz sucht die buchengrüne Hollywoodschaukel auf.

- Ich benötige eine Pause.

Hanna erobert die fuchsorange.

- Gegen eine kleine Auszeit ist nichts einzuwenden.

Gaal faltet auf der himbeerroten Schaukel die Hände hinter dem Kopf.

- Ich kann gut abschalten.

Tara fläzt sich in die dunkelviolette.

- Ich entspanne mich vom Kopf bis zu den Zehen.

Jabs geht zur floridablauen Hollywoodschaukel.

- Ich fühle mich wie eine Wolke.

Nada tippt auf die aprikosengelbe.

- Was gibt es Schöneres, als an einem Schattenplatz zu liegen.

Eine Frau schreitet auf Huch zu.

- Hallo, ich bin Bianca Windmüller.

Sie trägt ein Schlangenkleid.

- Ich habe eine Riesenseifenblase gesehen.

Huch fängt ihren Blick ein.

- Wo?

Biancas Hände scheinen auf einer unsichtbaren Leiter nach oben zu greifen.

- Auf dem Berg.

Der Weg ist wie eine Kerbe in den Felsen geschlagen.

Über das Land spannt sich ein doppelter Regenbogen.

Ein Mann tastet sich Schritt für Schritt vorwärts.

- Hallo, ich bin Ulrich Zwack.

Er trägt eine Frackweste.

- Ich hätte gern Jeans.

Eine Frau wird immer langsamer.

- Hallo, ich bin Olena Michalski.

Sie trägt ein Tigerkleid und bringt Jeans.

- Probiere sie an.

Er schlüpft hinein.

- Sie sind wie für mich zugeschnitten.

Die Riesenseifenblase schwebt zum Felsvorsprung.

Bianca stupft Huch mit dem Finger.

- Steigst du ein?

Zwack klopft sich selbst auf die Schulter.

- Ich brauche keine Zeit, um mich zu entscheiden.

Die Seifenblase nimmt ihn auf.

Ein Lächeln erhellt Olenas Gesicht.

- Wie geht es dir?

Er hebt mit durchgedrücktem Rücken den Kopf.

- Ich genieße den Flug.

Die Seifenblase gleitet in den von Wolkenfetzen gespren-
kelten Himmel.

Bianca umfasst Huchs Arm.

- Du hast dein eigenes Tempo.

Er streckt sich genüsslich.

- Das kann sein.

Ein Mann läuft Zickzack.

- Hallo, ich bin Ichiro Lang.

Er trägt ein Golfhemd und bringt eine dunkelgrüne Straßenkreide.

- Ich habe sie selber hergestellt.

Olena glättet das Gesicht zu einem sonnigen Lächeln.

- Male einen Streifen auf den Felsvorsprung.

Lang gibt Huch die Kreide.

- Ich schaue lieber zu.

Bianca versetzt ihm einen Stoß mit dem Ellbogen.

- Da kannst du ja anfangen.

Huch zieht einen Strich.

- Ich beginne irgendwo.

Olena schlägt ein Rad.

- Ich finde die Linie schön.

Lang wackelt mit dem Kopf.

- Was heißt das eigentlich, etwas schön zu finden?

Bianca verlagert das Gewicht auf die Fersen.

- Wenn der Strich zu dir sagt: Ich bin ich.

Flugmuster Schwalbe

Eir Wasserfall rauscht.

Huch watet durchs Wasser.

Der Fluss prescht zwischen Felswänden durch die Schlucht.

Eire Frau quert die Hängebrücke.

- Hallo, ich bin Vanessa Corelli.

Sie trägt ein Unikleid.

- Ich habe eine grüne Schachtel gesehen.

Ein Mann rennt die Steinstufen hoch.

- Hallo, ich bin Egil Salm.

Er trägt ein Holzfällerhemd.

- Ich liebe grüne Schachteln. Wo ist sie?

Vanessa streicht mit ihrer Hand Staub vom Felsgestein.

- Auf dem Berg.

Salm schaut erwartungsfroh.

- Da sollten wir unverzüglich hin.

Sie stellt das rechte Bein ein wenig vor.

- Ist gut! Kommt mit!

Der Weg krallt sich wie ein Lindwurm an den Felsen.

Salm fährt mit der Hand über das Kinn.

- Kannst du dir vorstellen, dass ich den Deckel abnehme?

Vanessa setzt ein mildes Lächeln auf.

- Durchaus.

Die farngrüne Schachtel liegt im Moos auf dem dicht be-
waldeten Bergrücken.

Salm bleibt stehen, blickt vor sich hin.

- Das hätte ich nie erwartet.

Sie bewegt die Lippen.

- Was?

Er beugt den Rücken ein klein wenig.

- Dass sie einfach so daliegt.

Vanessa hüpft von einem Bein aufs andere.

- Wie sollte sie sonst liegen?

Salm öffnet den Deckel.

- Das wüsste ich selbst gerne.

Eine Frau schreitet langsam.

                    - Hallo, ich bin Yayla Hirschvogel.

Sie trägt eine Veilchenbluse.

- Was ist in der Schachtel?

Vanessa lehnt sich nach vorne.

- Ein Rock.

Yayla fasst in den Karton.

- Darf ich ihn anziehen?

Salm tauscht ein Lächeln aus.

- Aber natürlich!

Yayla schlüpft in den Rock.

- Diesen da und keinen anderen nehme ich.

Vanessa stellt sich auf die Zehenspitzen.

- Er steht dir gut.

Salm winkelt den Arm an.

- Er passt dir.

Ein Mann tänzelt über den Waldboden.

- Hallo, ich bin Aurelio Leu.

Er trägt Hosen.

- Ich habe eine Leinwand gesehen.

Yayla holt Luft.

- Wo?

Leu streckt den Fuß.

- In den Felsen.

Vanessa reißt die Augen auf.

- Können wir dorthin gehen?

Er wirft einen streunenden Blick nach vorn.

- Wenn ihr wollt.

Der Weg windet sich wie eine Schlange um die Felswände.

Eine Schwalbe fliegt ein Muster in den Himmel.

- Hallo, ich bin Quinta Nakamura.

Salm macht das Kreuz hohl.

- Was würde es für dich bedeuten, eine Leinwand zu sehen?

Quinta landet an einem Felsen.

- Eine Leinwand? Was ist das?

Yayla stutzt bei dieser Frage einen Moment lang.

- Ein Stück Stoff wird über einen Rahmen gespannt.

Quinta schwirrt fort.

- Ich entspanne mich lieber.

Leu zuckt leicht die Schultern.

- Sie hat eine andere Meinung als ich.

Die Leinwand lehnt gegen einen Felsen.

Der Regen hat sie verwaschen, aufgeraut, die Sonne gebleicht.

Eine Frau lässt die Schritte langsamer werden.

- Hallo, ich bin Gabriella Kosinski.

Sie trägt ein Wendekleid.

- Ich stelle die Leinwand aus.

Vanessa legt den Handrücken auf die Hüfte.

- Wo?

Gabriella fährt sich mit der Zunge über die Mundwinkel.

- In der Jahrhunderthalle.

Salm zieht die Nase kraus.

- Muss ich mich auf eine lange Tour durch die Felsen einstellen?

Sie hebt die Leinwand auf.

- Nein, die Halle liegt nur einen Katzensprung von hier entfernt.

Der Pfad ist eng und verschlungen.

Yayla fragt in ruhigem Ton.

- Wo könnte ich mich wohlfühlen?

Gabriella schließt die Augen halb.

- Im Park, den wir gleich erreichen.

Glyzinen umranken den Torbogen.

Riesige Kissen leuchten in der Wiese.

Leu legt den Kopf in den Nacken.

- Das wirkt auf mich, als ob ich eingeladen wäre.

Gabriella streicht mit der Hand über die Leinwand.

- Alle sind eingeladen.

Die Jahrhunderthalle ist von Gestrüpp umschlungen.

Ein Mann lehnt lässig an die Tür.

- Hallo, ich bin Uriah Bork.

Er trägt eine Mütze.

- Ich würde gern etwas ausstellen.

Gabriellas Lächeln strahlt ihm zahnweiß entgegen.

- Wie wäre es mit dieser Leinwand?

Er lehnt sie an den Stamm eines Haselstrauchs.

- Ich nehme sie! Die Spuren des Regens und der Sonne beeindrucken mich.

Vanessa macht es sich auf dem aprikosenorangen Riesenkissen bequem.

- Ich mache eine kurze Pause.

Salm schnappt sich das samtrote.

- Kann ich etwas von dir lernen?

Yayla streckt und räkelt sich auf dem fliederfarbenen Kissen.

- Vielleicht das Relaxen?

Leu tippt auf das indigoblaue.

- Am liebsten würde ich mich aufs Ohr legen.

Gabriella überschlägt die Beine auf dem ginstergelben Riesenkissen.

- Ich lockere die Arme.

Bork versinkt im kiwigrünen.

- Grün habe ich schon immer gemocht.

Eine Frau wandelt durch den Park.

- Hallo, ich bin Fanja Zoya.

Sie trägt eine Yogahose.
- Ich habe einen Schwarm aus Buchstaben gesehen.
Huch hebt den Kopf hoch.
- Wo?
Fanja zaubert ihm ein Lächeln ins Gesicht.
- Am Fluss.
Der schmale, steile Weg windet sich hinab.
Ein Lama weicht einem Felsbrocken aus.

- Hallo, ich bin Miro Dai.

Fanja stellt sich auf die Zehenspitzen.
- Ich rede gern mit Tieren.
Dai schüttelt Staub aus dem Fell.
- Der Mensch ist auch ein Tier. Du bist das Tier, das gern
mit Tieren spricht.
Sie schiebt die Finger ineinander.
- Wie hast du das herausgefunden?
Dai zuckt mit den Mundwinkeln.
- Ich denke nach.
Fanja stütz das Kinn auf die linke Faust.
- Willst du einen Buchstabenschwarm sehen?
Dai trabt davon.
- Nein, ich möchte nur glücklich und frei sein.
Ruhig strömt der Fluss. Nur ein zartes Kräuseln des Was-
sers deutet einen Strudel an.

Fanja beugt den Zeigefinger.

- Wir könnten uns am Ufer umsehen.

Huch späht.

- Was kommt auf uns zu?

Neben einer Sandbank schwärmen 4 Buchstaben wie Schmetterlinge.

Fanja blickt fröhlich drein.

- Es sind 2 H, ein U und ein C.

Ein Mann zockelt.

- Hallo, ich bin Ikki Piel.

Er trägt eine Kapitänsmütze.

- Ich stelle die Buchstaben zu einem Wort zusammen.

Fanja lehnt sich zurück.

- Hast du schon eine Idee, wie es sich anhören könnte?

Piel betont.

- Anhören und ansehen.

Er führt die Buchstaben zur Sandbank, ordnet sie zum Wort „Huch".

- Was hältst du davon?

Huchs Mundwinkel verziehen sich ein klein wenig nach oben.

- Ich kenne den Namen, Buchstaben für Buchstaben.

Himbeerfarbe

Der Berg ragt hoch, streift den lichtblauen Himmel.
Huch setzt sich auf einen Felsen.
Eine watteweiße Wolke drückt über den Bergkamm.
Eine Frau weicht herumliegenden Steinen aus.

- Hallo, ich bin Rona Wallbaum.

Sie trägt ein Zitronenprintkleid.
- Ich habe eine Hutschachtel gesehen.
Huch hebt fragend die Brauen.
- Wo?
Rona berührt leicht seinen Unterarm.
- In einer schmalen Felsöffnung.
Der Weg windet sich in tausend Serpentinen.
Ein Mann beschleunigt seinen trippelnden Gang.

- Hallo, ich bin Ole Tong.

Er trägt eine Leinenhose und bringt ein zündholzschach-
telkleines Bienenhaus.
- Es enthält nur eine Wabe.
Rona zeigt darauf.
- Ist sie gefüllt?
Tong fängt an zu summen.
- Ja, ich habe mich entschieden, klein anzufangen.

Vor der Felsöffnung bleibt sie stehen, fragt Huch.
- Nimmst du die Hutschachtel heraus?
Eine Frau biegt auf den kleinen Pfad ein.

- Hallo, ich bin Nele Quantle.

Sie trägt eine Abendrobe.
- Darf ich?
Rona wirft ihre langen Haare zurück.
- Aber sicher doch!
Sie klaubt die Schachtel aus der Öffnung.
- Was mag drin sein?
Tong beugt die Schultern nach vorn.
- Sieh nach!
Nele hebt den Deckel ab.
- Es ist ein Haarreif mit Bienenfühlern.
Sie setzt ihn gleich auf.
- Steht er mir?
Rona dreht die Fußspitzen leicht nach außen.
- Finde es heraus.
Ein Mann geht die Stufen im Felsen hoch.

- Hallo, ich bin Stan Lipp.

Er trägt einen Malerhut.
- Ich habe ein Plakat gesehen.
Tong steht der Mund offen.
- Wo?
Lipp beugt den Ellbogen.
- Bei der Hängebrücke.

Nele fährt sich mit den Fingern über den Reif.

- Sicher ist es weit bis zum Fluss hinunter.

Er richtet den Daumen nach oben.

- Im Gegenteil! Ich würde den Weg als kurz beschreiben.

Der schmale Pfad windet sich zwischen Hecken.

Eine zottelige Bergziege grast am Abhang.

- Hallo, ich bin Julie Zeidler.

Rona geht auf die Spitzen und dreht eine Pirouette.

- Interessierst du dich für ein Plakat?

Julie guckt sie eher leicht von unten an.

- Gerade jetzt?

Tong tanzt im Gras.

- Lass dir ruhig Zeit.

Julie weidet weiter.

- Das tu ich.

Die Hängebrücke überspannt den Fluss.

Am Pfeiler hängt das große Plakat mit der Aufschrift „Huch".

Nele öffnet und schließt den Mund.

- Ich frage eher aus Neugier. Was bedeutet „Huch"?

Lipps Augenbrauen hüpfen.

- Das ist ein Name.

Rona blickt Huch ermunternd an.

- Kennst du jemanden, der Huch heißt?

Er legt den Arm an den Körper.

- Ja, ich.

Tong wippt herum.

- Von selber wäre ich nicht darauf gekommen.

Huch reckt die Schultern.

- Ich auch nicht.

Eine Frau hüpft fröhlich beschwingt.

                    - Hallo, ich bin Ayla Isenberg.

Sie trägt ein Ballkleid.

- Ich habe eine Wand gesehen.

Nele schiebt die Stirn in Falten.

- Wo?

Ayla spielt mit ihrer Halskette.

- Am Ufer einer kleinen Bucht.

Lipp setzt einen freundlichen Blick auf.

- Bringst du uns dorthin?

Ihre Augen leuchten.

- Ich genieße den Ausflug.

Ein kurviger Weg führt zum See.

Rona zögert plötzlich.

- Gefallen dir deine Socken?

Tong zieht die Schuhe aus.

- Ich überlege es mir.

Ein Mann kommt mit großen Schritten.

                    - Hallo, ich bin Flavio Cheng.

Er trägt Ringelsocken.

- Tauschen wir?

Tong streift die Socken ab.

- Genau das habe ich vor.

Cheng reicht ihm die Ringelsocken.

- Du weißt, was du willst.

Tong zieht sie an.

- Ringel sagen mir zu.

Cheng nimmt Tongs Socken.

- Ich habe mir angewöhnt, die Socken zu tauschen.

Ein hölzernes Bootshaus ist zu Staub zerbröselt. Nur eine birkenweiße Wand steht noch auf den Stelzen.

Nele presst den Mund zu einem Strich zusammen.

- Schaust du sie gern an?

Lipp beugt den Rücken.

- Ich stehe eher auf Plakate.

Ay a klopft mit dem Fuß auf den Boden.

- Aber du kannst dich auch damit anfreunden?

Lipp lässt den Blick über die Wand gleiten.

- Ohne weiteres.

Eine Frau läuft den Weg runter.

- Hallo, ich bin Uljana Eschenbach.

Sie trägt ein Crêpekleid und bringt eine Sprühflasche.

- Ich habe aus Himbeeren rote Farbe hergestellt.

Ayla führt weiche, fließende Bewegungen aus.

- Sprühst du?

Uljana neigt den Kopf zur Seite.

- Eigentlich wollte ich dich zuerst fragen.

Ayla wischt über den Mund.

- Warum?

Uljana gibt Huch die Flasche.

- Es macht mir Spaß, die Farbe einzufüllen. Aber ich sprühe nie.

Cheng wedelt mit dem Finger in Huchs Richtung.

- Besprüh die Wand, bis die roten Flächen im Weiß zerlaufen.

Huch betätigt die Fingerpumpe, lässt hochrote Wolken entstehen.

- Die Ränder zerfließen.

Uljana nimmt ihm die Sprühflasche ab.

- Du hast die Welt um einige Farbtupfer reicher gemacht.

Ein Mann nähert sich mit riesen Schritten.

- Hallo, ich bin Giacomo Ping.

Er trägt ein Narrenkostüm.

- Ich würde mich gern in einen Vogel verwandeln.

Rona stellt sich aufrecht hin.

- In welchen?

Ping legt die Hand über die Schläfe.

- In eine Drossel.

Eine Frau pustet ihm sacht in den Nacken.

- Hallo, ich bin Henriette Damico.

Sie trägt einen Dress.

- Geh zur Wand.

Er stellt sich vor dem Sprühbild auf.

- Ich kann es kaum abwarten.

Henriette winkt hinterher.

- Siehst du 2 Flügel?

Ping betrachtet die zerfließenden Flächen.

- Ja, es fühlt sich an, als würde ich fliegen können.

164

Sie spreizt das Bein seitlich ab.

- Entspanne deine Arme.

Er verwandelt sich in eine Drossel, schwirrt fort.

- Ein Atemzug, mehr braucht es nicht.

Tong sperrt die Augen auf.

- Das ist gelungen.

Nele wirft das Haar mit beiden Händen hinter ihre Schultern.

- Ich kann es fast nicht glauben.

Lipp dreht sich.

- Hättest du gedacht, dass er sich vor dem Bild verwandeln kann?

Huch schlenkert die Arme.

- Ich komme erst jetzt ins Nachdenken.

Das Alpaka am Fluss

Ein schroffer Grat schimmert in changierenden Brauntö-
nen.
Huch steht staunend auf dem Felsenvorsprung.
Fast ohne Flügelschlag segelt ein Rotmilan.
Eine Frau schreitet mit langsamen Schritten.

- Hallo, ich bin Malena Binali.

Sie trägt ein Elfenkleid.
- Möchtest du fliegen?
Ein Mann tapst.

- Hallo, ich bin Yannick Vohl.

Er trägt Flügel am Rücken.
- Ich möchte ganz hoch hinauf. Wie soll ich es anfangen?
Malena deutet auf die Riesentrommel unter dem Vor-
sprung.
- Du springst darauf. Alles Weitere geschieht von selber.
Vohl springt.
- Das bekomme ich hin.
Das Trommelfell federt ihn in den Himmel hinauf.
Der Rotmilan erblickt ihn als Engel auf einer Wolke.
Eine Frau verlässt den Weg.

- Hallo, ich bin Katinka Delgado.

Sie trägt ein Festtagskleid.
- Ich habe eine Garderobenstange gesehen.
Malena stellt sich auf ein Bein.
- Wo?
Katinka weist mit dem Kopf ins Tal.
- Bei der Weide am Fluss.
Malena folgt mit den Augen.
- Ist es weit?
Katinka fährt mit den Händen an ihrem Leib entlang.
- Nein, ganz in der Nähe. Wir sind sekundenschnell dort.
Der Weg schlängelt sich den Berg hinunter.
Ein Blaukehlchen setzt sich auf einen Zweig.

- Hallo, ich bin Nana Rigas.

Malena verharrt in der Betrachtung.
- Wie lebst du?
Nana spreizt die Flügel.
- Ich lebe so, wie ich leben muss, um lebendig zu sein.
Katinka beugt den Oberkörper.
- Und wie ist das?
Nana schwirrt davon.
- Manchmal schnell weg!
Die Zweige der Weide streifen das klare Flusswasser. Auf 2
tragende Äste ist eine Garderobenstange gelegt. T-Shirts
hangen an Kleiderbügeln.
Ein Mann wetzt um den Stamm.

- Hallo, ich bin Elliot Cam.

Er trägt eine Operettenhose.

- Ein T-Shirt anziehen macht bestimmt Spaß.

Malena fragt mit Blick auf die Garderobenstange.

- Welches möchtest du?

Cam steht auf dem linken Bein.

- Ich nehme das erste beste.

Er schlüpft ins T-Shirt.

- Was ist aufgedruckt? Kannst du das lesen?

Katinka führt Daumen und Zeigefinger beider Hände zu einem Ring zusammen und legt sie wie eine Brille auf die Augen.

- Ja, es ist der Tipp: Zieh ein T-Shirt darüber an.

Er nimmt das nächste vom Bügel.

- Warum nicht?

Malena reckt den Arm empor.

- Es hat einen Aufdruck.

Cam wölbt den Bauch nach vorn.

- Und? Was steht darauf?

Katinka liest es ihm vor.

- Zieh nochmals ein T-Shirt darüber an.

Er ergreift das dritte.

- Das könnte langsam warm werden.

Trotzdem streift er es über.

- Hat es auch einen Text?

Malena richtet den Blick auf die Schrift.

- Ja, da steht die Frage: Wie geht es weiter?

Eine Frau wandelt am Ufer.

- Hallo, ich bin Francesca Joruri.

Sie trägt ein Garnkleid.
- Ich habe eine Metallplatte gesehen.
Katinka fasst sich an den Kopf.
- Wo?
Francesca hat den Anflug eines Lächelns.
- Am See, in der Wellenbucht.
Malena hebt die Augenbrauen.
- Ist es schwierig, dorthin zukommen?
Francesca reckt das Kinn.
- Nein, die Bucht ist bequem erreichbar.
Der Weg führt am Fluss entlang.
Ein Alpaka weidet.

- Hallo, ich bin Helen Ulmer.

Katinka schöpft Atem.
- Begleitest du uns?
Helen dreht sich um.
- Wohin geht ihr?
Cam streckt den Nacken.
- Zu einer Metallplatte.
Helen läuft weg.
- Ich drehe mein eigenes Ding.
Der See platscht in kräuselnden Wellen ans Ufer.
Die Metallplatte liegt im Sand.
Ein Mann betritt den Strand.

- Hallo, ich bin Oliviero Lenz.

Er trägt einen Papierhut und bringt einen Gravierstift.

- Wer möchte ihn haben?

Malena ergreift ihn.

- Ich habe eine Idee.

Sie gibt ihn Huch weiter.

- Er kann dir helfen.

Um seinen Mund deutet sich ein kleines Lächeln an.

- Wie?

Katinka balanciert auf einem Bein.

- Ritze einen Strich.

Huch zieht eine Linie ins Metall.

- Er ist wie fürs Gravieren geschaffen.

Cam sperrt die Augen auf.

- Funktioniert er?

Huch rappelt sich hoch.

- Das würde ich sagen.

Eine Frau durchquert die Bucht.

- Hallo, ich bin Soraya Achenbach.

Sie trägt ein Häkelkleid.

- Ich stelle die Platte aus.

Francesca wirbelt auf der Spitze eines Fußes herum.

- Wo?

Soraya hebt die Platte auf.

- Im Kulturzentrum.

Lenz nimmt Huch den Stift ab.

- Kommst du mit?

Huch richtet den Oberkörper auf.

- Es spricht nichts dagegen.

Der Weg schlängelt sich zwischen den Bäumen hoch.
Ein Pinguin hüpft.

- Hallo, ich bin Wido Sax.

Malena richtet die Augen auf ihn.
- Möchtest du dich im Kulturzentrum umschauen?
Sax reckt die Brust vor.
- Das tu ich doch.
Katinka zieht die Achseln hoch.
- Wie?
Er läuft davon.
- Jeder Punkt der Erde ist ein Kulturzentrum.
In einem Park schickt die Sonne die Strahlen durchs Laub einer Pergola.
Campingbetten sind in der Wiese aufgestellt.
Cam zieht hörbar die Luft durch die Nase ein.
- Ich verspreche mir viel von einer Pause.
Francesca spreizt die Ellbogen ab.
- Ich kann dich gut verstehen.
Das Kulturzentrum befindet sich in einem windschiefen Haus.
Mit einem Quietschen geht die Tür auf.
Ein Mann richtet sich in Schrittstellung auf.

- Hallo, ich bin Zahir Tietz.

Er trägt ein Radsporttrikot.
- Wie könnte meine erste Ausstellung aussehen?
Soraya gibt ihm die Platte.

172

- Kannst du sie brauchen?

Er stellt sie aufs Campingbett neben der Tür.

- Ja, sie entspricht genau meiner Erwartung.

Lenz rennt zur Wiese, lässt sich aufs korallenrote Campingbett fallen.

- Ich will mich erholen.

Soraya legt die Beine auf dem distelvioletten hoch.

- Dass es so kommt, hätte ich mir nie erträumen lassen.

Tietz wirft sich mit Anlauf aufs horizontblaue Bett.

- Ich finde es angenehm.

Malena sucht das ananasgelbe aus.

- Ich gebe der Pause einen weiten Rahmen.

Katinka döst im Schatten eines riesigen Baums.

- Das tut mir persönlich gut.

Cam nimmt auf dem birkengrünen Campingbett Platz.

- Ich fühle mich viel entspannter, wenn ich liege.

Francesca ruft vom hellorangen.

- Hast du auch Lust?

Huch geht zum Park hinaus.

- Ich werde es bald herausfinden.

Schwan im Spiegel

Felsen säumen den von Pappeln beschatteten Fluss.
Huch sitzt am Ufer.
Über der Sandbank verliert sich der Blick.
Eine Frau schwenkt auf den Uferweg ein.

- Hallo, ich bin Giuliana Quadflieg.

Sie trägt ein Javakleid.
- Ich habe einen Zeitungsschnipsel gesehen.
Er dreht den Hals.
- Wo?
Giuliana kreist um ihn herum.
- Er liegt in einer großen Steinvase.
Huch richtet sich auf.
- Was steht darauf?
Sie berührt ihn am Handgelenk.
- Finde es heraus.
Der Fluss spiegelt.
Ein Schwan gleitet gemächlich vorüber.

- Hallo, ich bin Amir Pol.

Giuliana fragt.
- Liebst du Überraschungen?
Pol schlägt die Flügel, steigt auf und fliegt weg.

175

- Manchmal ja, manchmal nein.

Die Steinvase steht zwischen Gras und Bambus.

Ein Mann folgt dem Fluss.

- Hallo, ich bin Ikuro Lanz.

Er trägt einen Schlafanzug.

- Was ist in der Vase?

Giuliana schiebt die Augenbrauen in die Stirn.

- Schau nach!

Lanz beugt den Oberkörper, greift hinein.

- Zum Glück habe ich lange Arme.

Er klaubt den Papierstreifen heraus.

- Mir gefallen Zeitungsschnipsel.

Sie krallt die Füße in den Sand.

- Lies vor!

Seine Stimme klingt vergnügt.

- Da steht: Lockere deine Arme.

Giuliana bewegt die Hände langsam auseinander.

- Strecke sie wie Flügel aus!

Er dehnt sie.

- Ich möchte immer etwas Neues lernen.

Sie macht sich klein.

- Lass sie fallen!

Lanz senkt die Arme.

- Das macht mich glücklich.

Eine Frau geht geruhsam.

- Hallo, ich bin Zehra Olinda.

Sie trägt ein Kattunkleid.

- Ich habe ein meterlanges Papier gesehen.

Giuliana öffnet die Lippen.

- Wo?

Zehra streckt die Hand aus.

- In der sichelförmigen Bucht.

Lanz atmet schneller.

- Ist der Weg weit?

Zehras Blick verliert sich in der Ferne.

- Nein, er ist so kurz wie ein Wimpernschlag.

Der schmale Pfad windet sich um Büsche und hohe Bäume.

Ein rostbrauner Briefkasten ist an einen Felsen geschraubt.

Giuliana berührt Huch an der Hand.

- Kannst du ihn öffnen?

Ein Mann hangelt sich durchs Geäst.

- Hallo, ich bin Dino Renz.

Er trägt ein Trikot.

- Das übernehme ich.

Zehra kräuselt die Oberlippe.

- Darf ich dir zugucken?

Er macht den Kasten auf.

- Ja, das spornt mich an.

Giuliana sieht einen Brief.

- Ich bräuchte einen Brieföffner.

Eine Frau kommt tanzend immer näher.

- Hallo, ich bin Calla Marini.

Sie trägt ein Leinenkleid und bringt einen Brieföffner.

- Es geht bei mir im Handumdrehen.

Sie schlitzt den Umschlag auf.

- Wer möchte den Brief lesen?

Lanz klaubt das Blatt heraus, entfaltet es.

- Da steht: Liebe Grüße.

Zehra lässt den Finger über den Handballen gleiten.

- Es ist ein persönlicher Brief.

Renz reibt sich die Hände.

- Ich bin froh, dass du ihn geöffnet hast.

Calla macht einen runden Rücken.

- Das ist meine Leidenschaft.

In der sichelförmigen Bucht glitzern Wellen.

Das meterlange Papier liegt auf einer Felsenplatte.

Ein Mann läuft mit nach außen gedrehten Füßen.

- Hallo, ich bin Urano Wang.

Er trägt ein Uniformhemd und bringt einen Pinsel.

- Ich bleibe manchmal stehen.

Giulianas Augen beginnen zu leuchten.

- Ist gut! Dann kannst du malen.

Wang schenkt Huch den Pinsel.

- Ich stehe aber nur, um Luft zu schnappen.

Eine Frau nähert sich mit schnellen Schritten.

- Hallo, ich bin Hanja Bellini.

Sie trägt ein Minikleid und bringt eine Schale.

- Ich habe aus der Sumpfdotterblume Farbe hergestellt.

Lanz kehrt den Handteller auf Höhe der Brust nach oben.

- So ein Orange habe ich noch nie gesehen.

Zehra öffnet den Mund beim Lächeln.

- Der Pinsel ist wie dafür geschaffen.

Renz wippt mit dem Schuh.

- Tauche ihn in die Schale!

Calla gibt Huch einen leichten Klaps.

- Das sollte nicht allzu schwer sein.

Huch tunkt den Pinsel ein.

- Ich bin mir immer noch nicht schlüssig, was ich malen soll.

Wang beugt sich vor.

- Du bist ganz frei.

Hanjas Blick ist aufmunternd.

- Male die Welle!

Huch wirft sie mit lockerem Schwung auf das meterlange Papier.

- Was ist neu an dem, was ich tu?

Wang nimmt ihm den Pinsel ab.

- Hast du die Farbe auf dich wirken lassen?

Ein Mann rennt wie entfesselt.

- Hallo, ich bin Enrico Ting.

Er trägt einen Vereinsanzug.

- Ich stelle das Bild aus.

Giuliana wischt sich die Augen.

- Wo?

Ting bückt sich, ergreift das Papier am oberen Rand.

- In der Kunstakademie.

Lanz hält es am unteren.

- Ist das ein eintöniger Weg?

Ting trägt mit ihm das Bild.

- Unterwegs siehst du einen Storch.

Der Pfad ist sandig, geht zu beiden Seiten in Wiese über.

Bienen brummen leise von Blume zu Blume.

Der Storch fliegt einen weiten Bogen, landet.

                - Hallo, ich bin Samir York.

Zehra beschattet die Augen mit beiden Händen.

- Bist du jemals in der Kunstakademie gewesen?

York blickt versonnen auf die sich in der Sonne wiegenden Halme.

- Die Art von Kunst, die ich suche, gibt es in keiner Akademie.

Renz reibt sich die Hände.

- Was ist das für eine Art?

York schlägt die Flügel, hebt ab.

- Wenn du glücklich und frei bist.

In einem Park liegt der Duft von Pfefferminze in der Luft.

Couchs sind in die Wiese gestellt.

Calla hält sich die Hand als Lichtschutz vor die Augen.

- Auf welche wirst du dich legen?

Wang reibt den Nacken am Haaransatz.

- Ich bin noch unentschlossen.

Neben der Kunstakademie steht ein grober Tisch aus einem Gerüstbrett.

Eine Frau öffnet die Tür.

                - Hallo, ich bin Friederike Neubauer.

Sie trägt ein Nachtkleid.

- Womit könnte ich eine Ausstellung machen?

Hanja weist auf das meterlange Papier.

- Wie findest du es?

Friederike streckt den Arm aus.

- Das gefällt mir.

Sie wendet sich an Ting und Lanz.

- Legt es aufs Gerüstbrett!

Ting läuft zur asternvioletten Couch.

- Ich genehmige mir eine Pause.

Friederike legt sich auf die karibikblaue.

- Ich halte ein Nickerchen.

Giuliana tippt auf die melonengelbe Couch, sagt zu Huch.

- Es hat genug Platz für 2.

Er wirft einen Blick darauf.

- Ich stimme dir voll zu.

Die Buckelzikade

Der See malt bei einer Felsenplatte tiefe Rillen in den Sand.
Huch guckt aufs silbrig schimmernde Wasser.
Eine Frau schreitet auf nackten Sohlen.

- Hallo, ich bin Kim Jagusch.

Sie trägt ein Oleanderkleid und bringt den Fetzen eines Plakats.
- Ich möchte es zusammensetzen.
Auf dem Fetzen sind Teile von kobaltblauen Buchstaben zu sehen, teilweise karminrot und pfauengrün übermalt.
Ein Mann steigert das Tempo seiner Schritte.

- Hallo, ich bin Valerio Weng.

Er trägt eine Waldarbeiterweste und bringt den zweiten Fetzen.
- Jedes Teil kann wichtig sein.
Kim legt ihren Fetzen in den Sand.
- Passt dein Stück?
Er setzt seinen Fetzen an.
- Haargenau.
Sie jubelt lauthals.
- Jetzt fehlt nur noch ein Teil!

Eine Frau trippelt tänzelnd.

- Hallo, ich bin Silvana Traunstein.

Sie trägt ein Patchworkkleid und bringt den dritten Fetzen.
- Ob er wohl passt?
Kim nimmt ihr den Fetzen ab, fügt ihn an.
- Das Plakat ist wieder ganz.
Weng liest.
- Es entsteht das Wort „Huch".
Silvana fragt.
- Gibt es jemanden, der Huch heißt?
Huch hebt seinen Arm.
- Soweit ich weiß, gibt es jemanden.
Kim sagt fröhlich.
- Vielleicht machst du uns mit ihm bekannt.
Er stemmt die Hände in die Hüften.
- Dem steht nichts im Weg.
Ein Mann wandert durch den Pulversand.

- Hallo, ich bin Gian Yung.

Er trägt ein Zehnertrikot und bringt einen breiten Pinsel.
- Wer möchte ihn testen?
Weng bittet.
- Darf ich ihn mal in die Hand nehmen?
Yung wirft einen fragenden Seitenblick auf ihn.
- Möchtest du ihn behalten?
Weng spielt nur kurz mit dem Pinsel und übergibt ihn Huch.

- Nein, ich schenke ihn weiter.

Eine Frau begibt sich ans Ufer.

- Hallo, ich bin Elmira Hendricks.

Sie trägt ein Rayonkleid und bringt eine Schale.

- Ich habe aus einer Kartoffel Klebstoff hergestellt.

Ein Mann durchmisst den Strand mit federnden Schritten.

- Hallo, ich bin Urban Perl.

Er trägt eine Anzugsjacke und bringt einen Bogen Papier.

- Könnt ihr ihn brauchen?

Silvana legt ihn auf eine Felsenplatte.

- Ja. Gleich siehst du, wie.

Sie wendet den Kopf zu Huch.

- Willst du den Klebstoff ausprobieren?

Huch taucht den Pinsel in die Schale.

- Ich habe kein Problem damit.

Er bestreicht den Bogen.

- Das kriege ich hin.

Yung nimmt ihm den Pinsel ab.

- Das hat geklappt.

Elmira beugt sich zu Huch.

- Bist du zufrieden mit dem Klebstoff?

Er zieht den Mundwinkel leicht nach oben.

- Sicher schon! Er lässt sich leicht auftragen.

Urban legt den ersten Plakatfetzen auf.

- Ich bekomme das Gefühl, dass mein Bogen das richtige Format hat.

Kim klebt den zweiten an.

- Das hätte ich mir nicht schöner erträumen können.

Weng streicht den dritten glatt.

- Es freut mich riesig, dass wir das Plakat zusammenge-
setzt haben.

Eine Frau geht das Ufer entlang.

                    - Hallo, ich bin Querida Forlani.

Sie trägt ein Schleierkleid.

- Ich stelle das Plakat aus.

Silvana streckt den Rücken durch.

- Wo?

Querida tanzt versunken.

- In der Kulturgalerie.

Yung schiebt den Finger in den Mund.

- Ich mache mir über den Weg Gedanken.

Sie hebt das zusammengesetzte Plakat auf.

- Wieso denn? Wir sind gleich dort.

Der Pfad führt den See entlang.

Eine Ente schwimmt ans Ufer.

                    - Hallo, ich bin Norma Zanetti.

Elmira sieht prüfend nach vorn.

- Was finde ich vor, wenn ich bei der Kulturgalerie ankom-
me?

Norma schaut sie vergnügt an.

- Warum blickst du in die Zukunft?

Elmira kreist die Schulter nach hinten.

- Ich wüsste gern, was mich erwartet.

Norma schwadert davon.

- Das würde mir nicht im Traum einfallen.

Perl atmet den Duft der Minze, der einem Park entströmt.

- Ich finde es prickelnd hier.

Querida dreht sich um.

- Prickelnd?

Er sagt mit glockenreinem Lachen.

- Ja, es prickelt mich in der Nase.

Zufällig angeordnet, stehen Klappbetten in der Wiese.

Kim lässt die Arme seitlich nach unten hängen.

- Fällt es dir leicht, ein Bett auszuwählen?

Weng atmet durch.

- Aber sicher! Sobald Relaxen angesagt ist, plumpse ich ins erste beste.

Die Kulturgalerie hat eine verwitterte Eingangstür aus Eiche.

Ein Mann huscht heraus.

- Hallo, ich bin Ivo Mack.

Er trägt eine Baseballmütze.

- Womit könnte ich meine erste Ausstellung eröffnen?

Querida zeigt ihm das zusammengesetzte Plakat.

- Bekommst du gern einen Tipp?

Silvana dreht den Zeigefinger.

- Das kann ich dir sehr empfehlen.

Mack legt es aufs Klappbett neben der Tür.

- So etwas in der Art habe ich schon lang herbeigesehnt.

Yung legt sich aufs arktisblaue Klappbett.

- Ich mache ein kleines Nickerchen.

Elmira streckt auf dem bernsteingelben die Beine.

- Ich hänge meinen Träumen nach.

Perl tippt aufs distelgrüne Bett.

- Ich probiere es aus.

Querida wählt das feuerlilienorange.

- Das müsste passen.

Mack sucht das altrosa Klappbett auf.

- Relaxen schenkt die Chance, sich neu zu erfinden.

Kim döst auf dem auberginefarbenen vor sich hin.

- Ich schwelge in Tagträumen.

Weng erobert das gepunktete Bett.

- Das macht mir Freude.

Silvana lässt sich aufs gestreifte fallen.

- Ich lege mich eine Stunde hin.

Eine Frau folgt einem Pfad durch den Park.

- Hallo, ich bin Oda Biedenkopf.

Sie trägt ein Taillenkleid.

- Am See hat es eine versteckte Bucht. Willst du sie sehen?

Huch hebt das Kinn.

- Ja.

Der Weg beschreibt eine weite Kurve.

Eine Buckelzikade zirpt.

- Hallo, ich bin Diva Ribisel.

Oda lässt die Arme baumeln.

- Begeistert dich die Bucht?

Diva räkelt sich.

- Alle Orte begeistern mich.

Oda spreizt die Finger.

- Möchtest du mitkommen?

Diva stakst lässig davon.

- Vielleicht später. Wartet nicht auf mich.

Vor Oda öffnet sich eine sandige Bucht.

- Du könntest deinen Namen in den Sand kritzeln.

Huch neigt den Kopf leicht gegen die linke hochgezogene Schulter.

- Mit dem Finger?

Ein Mann hastet durch die Bucht.

- Hallo, ich bin Arturo Chip.

Er trägt Clownschuhe und bringt einen Stecken.

- Damit kannst du besser kritzeln.

Oda mustert den Stecken, überreicht ihn Huch.

- Kannst du damit etwas anfangen?

Huch schreibt ein „H" in den Sand.

- Ich denke schon.

Der Fels auf dem Waldberg

Von Bergflanke zu Bergflanke erstreckt sich der Wald.
Huch lauscht dem Vogelgezwitscher.
Sonnenstrahlen dringen durch die Blätter.
Eine Frau kommt an einem Ameisenhügel vorbei.

- Hallo, ich bin Lou Nachtigall.

Sie trägt ein Urwaldkleid und bringt ein Papierknäuel.
- Falte es auseinander.
Huch glättet es.
- Es hat eine Landschaft aus Spitzen, Knicken, Falten.
Ein Mann läuft barfuß durchs Dickicht.

- Hallo, ich bin Zakaria Back.

Er trägt ein Dreiertrikot.
- Ich stelle das Blatt aus.
Lou huscht ein Lächeln übers Gesicht.
- Wo?
Back nimmt Huch das Papier ab.
- In der Kulturhalle.
Ihre Augen schimmern.
- Wo steht sie?
Er drückt beide Knie durch.
- Ich bringe euch gern hin.

Eichen drängen an den Wegrand.

Lou fragt Huch.

- Wenn du irgendwo und irgendwie starten würdest, beginnst du lieber allein oder mit wem?

Er wendet ihr das Gesicht zu.

- Mit euch.

Back streicht mit dem Finger übers Gesicht.

- Wir sind ein Team.

Der Duft von Jasmin und Glyzine dringt aus einem Park.

In der Wiese stehen Gartenliegen.

Lou läuft von einer zur anderen.

- Welche ziehst du vor?

Back senkt den Blick.

- Ich bin noch unschlüssig.

Das Dach der Kulturhalle ruht auf rostigen Eisenträgern.

Ein Schaukasten hängt neben dem Eingang.

Eine Frau macht die Tür auf.

                                    - Hallo, ich bin Pina Feldkamp.

Sie trägt ein Veilchenkleid.

- Wenn ich nur etwas zum Ausstellen bekäme!

Back gibt ihr das Papier.

- Es könnte in den Schaukasten passen.

Pina legt es hinein.

- Ich muss es nicht zuschneiden.

Lou ruht sich auf der birnengelben Gartenliege aus.

- Eine Pause ist angesagt.

Back lässt die Beine von der amazonasgrünen baumeln.

- Ich schließe mich an.

Pina faltet auf der glutorangen Liege die Hände hinter dem Kopf, fragt Huch.
- Und du?
Ein Mann pirscht sich heran.

                              - Hallo, ich bin Emilio Teng.

Er trägt ein Elchgeweih.
- Ich würde gern die Liege neben dir benutzen.
Pina hält die Hand weit offen.
- Ist gut! Du bist willkommen.
Teng tritt beschwingt ins Sonnenlicht und blinzelt.
- Da habe ich ja Glück.
Eine Frau umtänzelt Huch.

                              - Hallo, ich bin Daria Steinbach.

Sie trägt ein Wanderkleid.
- Ich habe ein Schild gesehen.
Er schiebt die Knie zusammen.
- Wo?
Daria zeigt beim Lächeln die strahlenden Zähne.
- Beim Wasserfall.
Der Weg wird enger und steiler.
Sie beobachtet Huch aufmerksam.
- Geht es besser miteinander oder ohne einander?
Ein Mann versucht, durchs Dickicht zu dringen.

                              - Hallo, ich bin Ikko Yak.

Er trägt einen Frack.

- Miteinander können wir eine Menge erleben.

Wie ein Vorhang stürzt der Wasserfall vom bemoosten Felsen herab. Daran hängt das Schild, zeigt ein Wort.

- Huch.

Darias Blick schweift.

- Kannst du das Wort „Huch" aussprechen und schreiben?

Yak lockert den Hals.

- Ja, aber was würde es für mich bedeuten?

Sie fragt Huch.

- Was denkst du darüber?

Er macht seine Hand leicht rund.

- Ich heiße Huch.

Eine Frau schlägt den Weg ein.

- Hallo, ich bin Gina Osterland.

Sie trägt einen Yukata.

- Ich habe einen Spiegel gesehen.

Daria dehnt den Hals.

- Wo?

Gina biegt die Finger.

- Auf dem Waldberg.

Der Weg geht steil bergauf.

Daria streift Huchs Bein mit ihrem Knie.

- Was hilft dir beim Aufsteigen?

Er rollt die Zehen ein.

- Ich konzentriere mich immer auf den nächsten Schritt.

Yak biegt seinen Körper.

- Mir hilft es, wenn ich ein Ziel vor Augen habe.

Gina hebt langsam die Lider.

- Und was ist dein Ziel?

Yak senkt den Kopf und kreuzt die Arme vor der Brust.

- Der Spiegel.

Bäume überwachsen den schroffen Berg. Beim Aussichtspunkt lehnt ein Standspiegel gegen den Felsen.

Daria winkt.

- Möchtest du hineinschauen?

Yak richtet sich auf.

- Ja, ich möchte mich selbst sehen.

Mit klirrendem Ton birst der Spiegel in feine Risse. Das Glas durchziehen Bruchlinien.

Ein Mann flitzt um den Felsen.

- Hallo, ich bin Vadim Weck.

Er trägt einen Golfanzug und bringt ein Bettlaken.

- Ich möchte ein Kunstwerk machen.

Eine Frau geht in Schleifen den Berg hoch.

- Hallo, ich bin Quilla Kaleika.

Sie trägt einen Zebrarock und bringt ein Kleid.

- Es passt zum Laken.

Ein Mann läuft herbei.

- Hallo, ich bin Alonso Rick.

Er trägt eine Hotelboyuniform und bringt eine Nadel.

- Wie ich das sehe, könnt ihr sie brauchen.

195

Eine Frau joggt.

- Hallo, ich bin Ulla Heppenheimer.

Sie trägt einen Aerobicanzug und bringt einen Faden.
- Warum ist noch niemand auf die Idee gekommen, das Bettlaken und das Kleid zusammenzunähen?
Daria fädelt den Faden ein.
- Ich kümmere mich darum.
Yak näht das Kleid ans Laken.
- Es läuft mir ganz gut.
Ein Mann kommt angerannt.

- Hallo, ich bin Chris Mock.

Er trägt eine Inlinehose und bringt eine Tischdecke.
- Wer verbindet sie mit dem Kleid?
Gina näht die Decke an.
- Ich mache es.
Weck wiegt den Kopf.
- Dadurch entsteht eine lange Fahne.
Quilla rollt sie zusammen, das Laken, das Kleid, die Decke.
- Ich trage sie auf den Felsen.
Rick rückt seine Uniform zurecht.
- Wer entrollt sie?
Ulla blinzelt Huch an.
- Das könntest du übernehmen.
Er steigt auf den Felsen.
- Ich versuche es.
Quilla legt die Rolle ab.

- Halte sie bei den Zipfeln des Lakens.

Huch zieht sie leicht hoch.

- Gleich ist es so weit.

Er richtet sich mit einem Ruck auf.

- Was eine kleine Bewegung alles ausrichten kann!

Die Fahne weht in der ganzen Länge vom Felsen.

Ulla nimmt ihm die Zipfel aus der Hand, beschwert sie mit Steinen.

- Jetzt werden wir sie in aller Ruhe betrachten.

Mock verschränkt die Hände auf dem Rücken.

- Wie zufrieden bist du damit?

Daria beugt sich nach vorn.

- Sehr.

Yak sucht einen Sitzplatz.

- Ich verspreche mir viel von einer Auszeit.

Gina ruft Huch zu.

- Was mich angeht, ich lege mich ins Moos. Und du?

Er steigt herab.

- Ich würde die Fahne noch gern von unten sehen.

Die Energie des Kolibris

Ein Wasserfall schießt in die Tiefe und schäumt das Wasser auf.

Huch steht im Sprühregen.

Goldener Dunst durchzieht die Luft.

Eine Frau läuft den Weg runter.

- Hallo, ich bin Jo-Jo Klingenstein.

Sie trägt ein Batistkleid.

- Ich habe eine Pfauenfeder gesehen.

Huch spreizt den Daumen ab.

- Wo?

Jo-Jo macht eine einladende Handbewegung.

- Im Bergwald.

Der Pfad windet sich über eine Kuppe. Ein Kleiderschrank steht am Wegrand.

Jo-Jo sieht Huch freundlich an.

- Willst du ihn auftun?

Ein Mann macht einen Spaziergang.

- Hallo, ich bin Ibrahim Quick.

Er trägt einen Jogginganzug.

- Überlasse es mir.

Jo-Jo rollt mit ihren Augen.

- Was versprichst du dir davon?

Quick öffnet den Kleiderschrank.

- Ich lasse mich überraschen.

Ein jeansblauer Gürtel hängt an der Stange.

Jo-Jo tänzelt auf den Zehenspitzen hin und her.

- Möchtest du ihn tragen?

Quick schnallt ihn.

- Sicher! Er stimmt mit meinen Schuhen überein.

Im Schatten eines hohen Baumes liegt die Pfauenfeder.

Jo-Jo bahnt sich einen Weg durch den kniehohen Farn.

- Hebst du sie auf?

Er bückt sich.

- Eine schönere Feder kann ich mir nicht vorstellen.

Eine Frau bewegt sich auf den Baum zu.

- Hallo, ich bin Dana Vivendi.

Sie trägt ein Chevronkleid.

- Ich stelle die Feder aus.

Jo-Jo reckt den Kopf.

- Wo?

Dana berührt mit der flachen Hand die Lippen.

- Im Kunstcasino.

Quick blickt sich suchend um.

- Das tönt nach einem fernen Ort.

Dana wendet sich mit einem Ruck um.

- Es ist nur einen Steinwurf entfernt.

Der Weg führt an einem felsigen Abhang vorbei.

Ein Steinkauz sitzt auf einem Ast.

- Hallo, ich bin Frank Stack.

Jo-Jo trippelt von einem Fuß auf den anderen.

- Sind deine Augen gelb?

Stack richtet sich wie in Zeitlupe auf.

- Steinkauzgelb, würde ich sagen.

Quick lächelt so auffordernd, als gelte es, keine Zeit zu verlieren.

- Wir gehen ins Kunstcasino. Klingt das interessant für dich?

Stack schließt die Augen.

- Alles klingt interessant. Ich warte erst mal ab und beobachte.

In einem Park riecht die Luft herrlich nach Blumen.

Gartenmuscheln sind in der Wiese verteilt.

Dana stemmt den Arm in die Hüfte.

- Welche spricht dich an?

Jo-Jo tippt sich mit dem Zeigefinger an die Nase.

- Ich brauche etwas länger, um eine auszulesen.

Das Kunstcasino befindet sich in einem Haus, das um einen Baum gebaut ist. Lange Spalten und Risse furchen das Holz des Türrahmens.

Ein Mann kommt heraus.

- Hallo, ich bin Tino Lahr.

Er trägt einen Kittel.

- Ich wäre glücklich, wenn ich etwas ausstellen könnte.

Quick gibt Huch die Pfauenfeder.

- Du könntest sie in den Balken des Türrahmens stecken.

Huch streicht mit dem Finger übers Holz.

- Die passende Ritze ist leicht zu finden.

Lahr schwenkt den Arm.

- Die Feder gefällt mir.

Dana versinkt in der drachengrünen Gartenmuschel.

- Es gibt eine kleine Pause.

Lahr plumpst auf die bernsteinorange.

- Es geht mir gut dabei.

Jo-Jo verschränkt die Beine in der pfirsichroten Muschel.

- Ich gucke Gänseblümchen an.

Quick wälzt sich in der hellvioletten vom Rücken auf den Bauch.

- Die beste Lage muss ich noch herausfinden.

Eine Frau langt im Park an.

- Hallo, ich bin Bibi Mirella.

Sie trägt ein Traumkleid.

- Ich habe eine Felswand gesehen.

Huch stützt das Kinn in die Hand.

- Wo?

Bibi schubst ihn sanft an.

- In einem Reich aus seltsam geformten Felsen.

Der Weg zieht sich über dem Tal entlang.

Ein Kolibri schwirrt über einer Blüte.

- Hallo, ich bin Urian Roll.

Bibi tippt mit dem Zeigefinger in der Luft herum.

- Fliegst du mit uns zur Felswand?

Rolls Blick fällt auf Huch.

- Ich möchte, dass du dich ins Gras legst.

Huch setzt sich am Wegrand.

- Warum?

Rcll umkreist ihn.

- Gleich wirst du sehen, was ich vorhabe.

Huch legt sich hin.

- Und jetzt?

Rcll schwirrt über seinem Bauch, vorwärts, rückwärts, seitwärts.

Huch räkelt sich.

- Ich bewundere deine Flugkünste.

Er hebt den Kopf.

- Aber was hast du vor?

Rolls blau-rosa Federn erscheinen als buntes Flirren.

- Ich schenke meine Energie weiter.

Huch schaut ihm interessiert zu.

- Wem?

Roll zeigt mit dem Schnabel auf seinen Bauch.

- Dir! Sie rettet dich.

Er flitzt davon.

- Sie wirkt.

Bibi streckt lächelnd die Hand aus.

- Der Kolibri weiß am besten, was für dich gut ist.

Huch steht auf, streckt sich.

- Die Energie fühlt sich herrlich an.

Eine hohe Felswand ragt auf.

Ein Mann bewegt sich ruhigen Schrittes.

- Hallo, ich bin Wim Cis.

Er trägt eine Livree und bringt einen Pinsel.

- Willst du ihn prüfen?

Bibi hebt abwehrend die Hände.

- Lieber nicht!

Cis schenkt ihn Huch.

- Er wird dich begeistern.

Eine Frau stellt sich ein.

- Hallo, ich bin Enisa Obando.

Sie trägt ein Engelskleid und bringt eine Schale.

- Ich habe aus Holunder violette Farbe hergestellt.

Bibi ermuntert Huch mit einem Lächeln.

- Spritze sie an die Wand.

Er tunkt den Pinsel in die Schale.

- Ich habe mein eigenes Tempo.

Cis schält die Füße aus den Schuhen.

- Du kannst nichts falsch machen.

Mit einer schleudernden Bewegung spritzt Huch die Farbe an die Felswand.

- Wie ist das?

Enisas Augen schimmern.

- Du hast den Pinsel sehr locker geschwungen.

Bibi rundet den Rücken.

- Der Spritzer vergnügt mich.

Cis nimmt Huch den Pinsel ab.

- Ich lasse die Farbe auf mich wirken.

Enisa stellt die Schale ab.

- Ich ruhe einen Augenblick aus.

Bibi setzt sich auf einen Stein.

- Ich benötige eine Auszeit.

Cis legt sich ins Moos.

- Ich brauche eine kleine Verschnaufpause.

Ein Mann flaniert durch das Reich aus seltsam geformten Felsen.

                              - Hallo, ich bin Zach Popp.

Er trägt ein Matrosenhemd.

- Der Spritzer ist nicht mehr wegzudenken.

Enisa dreht den Kopf.

- Setz dich zu uns.

Popp nimmt auf einer Wurzel Platz.

- Gern.

Bibi schenkt Huch einen Augenaufschlag.

- Was hast du vor?

Er lässt den Blick über die Wipfel schweifen.

- Ich gehe ein paar Schritte und schaue die Bäume an.

Schwan im Spiegel

Schwan im Spiegel

Schwan im Spiegel